南方人文。駐地書寫

To: 西子灣岸 我親愛的永無島

劉芷妤／著
鄭潔文／繪　盧昱瑞／攝

4 市長序——城市靈魂的永恆誦歌
6 局長序——遍地開花的文學種籽
10 作家寫作者——文字精靈的柔情——速寫劉芷妤 郭漢辰
12 作者序——從鏡子裡看見的故事

南方人文・駐地書寫

To 西子灣岸 我親愛的永無島

通往永無島的魔法步驟

16 Step 1・嘿，新來的！
38 Step 2・超完美哥哥
62 Step 3・夢想中長出哈馬星
90 Step 4・微笑的方式
112 Step 5・小飛俠最愛鹹湯圓

138 Step 6・故事照亮醜小鴨
164 Step 7・燕子燕子飛叨位
200 後記——魔鏡魔鏡
207 插畫家、攝影、影像拍攝介紹

市長序

城市靈魂的永恆誦歌

為了勾勒描繪大高雄現今山海、田園以及都會等多元樣貌，此次「南方人文駐地書寫」計畫，締創有史以來最龐大的陣容，集結文學創作者、影像工作者及插畫家，深入高山、海港、農園以及現代大都會，讓文學家蹲點創作，團隊們深刻紀錄，並且走入基層的庶民生活，與大地熱情擁抱，為城市多樣的靈魂，譜出一首首永恆的文學誦歌。

大高雄自從縣市合併後，整個城市壯大雄偉了，不但從平原向高山大海延伸，並且從繁華都會擴展到綠意田園。為了發揚高雄市文學與土地結合的在地書寫軸線，「南方人文駐地書寫」計畫，策畫邀請在地創作團隊，走入南台灣生命力最為旺盛的大城小鎮。

這一系列的文字創作，包括汪啟疆《山林野旅手札》、郭漢辰《穿走母親河畔》、李志薔《臨海眺望》、鄭順聰《海邊有夠熱情》、劉芷妤《TO西子灣岸——我親愛的永無島》以及徐嘉澤的《城市生活手帳》，作家不但行走在大高雄崎嶇山林、綿長海邊，還在田園中成為一顆旺來，想像自己如何在大地的擁抱裡奮力成長。作家們還在浪濤聲中以及大都會的霓光彩影裡，傾聽孩子們及青年人的心聲，他們在上山下海遍地書寫中，賦予在地書寫更豐盛的新生命。

創作者還努力挖掘在土地、海港、山林等辛勤工作人們動人心弦的好故事，將關懷視野，灑遍大高雄每吋土地，深刻觸及莫拉克災區和弱勢小朋友的議題，讓大高雄生命的熱度，轉化成一個個發光發熱的文字光點。此外，為了讓作家所勾勒的大高雄立體化，我們動員了攝影師、插畫家、紀錄片或短片拍攝團隊，以現今多元藝術媒介的操作，留下一抹抹創作者與土地接觸的動人身影。

從此以後，讓我們從作家的文字裡，呼吸山林最清淨的空氣，學習大海寬闊的胸襟，更要像一顆汲取天地養份的旺來，最終無私奉獻的精神。我相信，在這座由文學搭建的城市裡，未來將有更多創作者，行走在大高雄的每個角落，讓文字飛揚成一首首永恆的誦歌。

高雄市市長 陳菊

局長序

遍地開花的文學種籽

縱觀國內外最好的文學創作，幾乎都是深耕地方，從自己生長的大地上，紮根、萌芽，最後遍地成林，綠意盎然。大高雄「南方人文駐地書寫」計畫，開啟大高雄地方書寫新扉頁，不但由文學創作者，將一顆顆文學種籽帶到山林，攜至海濱，歸回田園，並且栽種在大都會的柏油路上，無論環境多麼惡劣，種籽照樣衝破任何橫逆美麗開花，在我們這座城市裡，綻放恆久的文學芬芳。

參與這次書寫工作的文學創作者，代表大高雄地區不同世代的文學視野，深入大高雄地區從平原到海邊又深入山區的特殊環境。其中著名的海洋詩人汪啟疆，放下了擺放在他心中一輩子的海洋，走入那片在八八風災被重創的山林，寫下了《山林野旅手札》，以最卑微崇敬的心，傾聽上天透過災劫告知人們，要重新禮敬大自然的訊息。

中壯年作家郭漢辰則走訪大高屏溪畔，以《穿走母親河畔》書寫河岸農業、古蹟以及藝術產業萌芽茁壯的全新蛻變。導演及小說家李志薔在《臨海眺望》，以影像般的精確文字，繪寫高雄港岸二十多年的蜿蜒記憶及變化。作家鄭順聰在《海邊有夠熱情》裡，以輕巧靈動的文筆，為魅力無窮的蚵仔寮與周近地區，描繪一個個生活在市井海港的小人物。

青年作家徐嘉澤在《城市生活手帳》中，藉著手帳式的景點隨筆，記錄下自己再也熟悉不過的高雄，描繪出部分私密和部分屬於大眾的這座城市。劉芷妤的《TO西子灣岸——我親愛的永無島》，以一篇篇看似童話般的故事，書寫出在城市角落裡等待被關懷的小朋友們。

我相信，每個人心中各有一幅大高雄的城市地圖，如今我們更希望透過大高雄作家們這一系列的深入書寫，讓人們都能握取到打開自己城市記憶地圖的鎖鑰，勇往直前走入自己的山林大海，傾聽山風浪濤的無盡密語。

最終我們會走入寧靜的田園，把耳朵俯貼在大地上，聆聽到每顆看似平凡又不平凡的文學種籽，開始他們在人間的心跳。然後，我們會親眼看見他們在眼前，遍地成林遍地開花，大高雄成了一座綠意花香的文學城市。

高雄市文化局局長

作家寫作者

文字精靈的柔情——速寫劉芷妤

郭漢辰

年輕的劉芷妤，年輕到用文字介紹自己時，都如此輕盈靈動，她形容自己是「一枚精靈」，一個「職業幻想家」，但她的寫作，並不止是只有在腦中幻想那般簡單。如果要訴說這位在人間飛翔的文字精靈，其動人心弦的款款柔情，那就不再限囿於幻想，而是展現面對人生最真實的勇氣。

畢業於東華大學創作與英語文學研究所文學創作組的劉芷妤，與是個勇於嘗試且多變的文學青年，她著迷於文字的魔法，歡喜舞文弄墨，習慣點字成金。看起來像個可愛小女孩的她，說起她那飽滿豐沛的夢想，卻有其堅毅的一面，她說自己堅決信仰愛與正義，這份信仰如今終於可以具體地今實現。

這次的駐地寫作，芷妤這個文字精靈，飛進西子灣畔壽山山下的「高雄市紅十字會育幼中心」，她穿梭在育幼中心周邊的時空隧道，探尋其幽藏於碧海與藍天之間的溫馨天地。她說，這是一座時間靜止的「永無島」，她想傾訴這個永遠都飄盪孩子笑聲的美麗故事，只有在這裡，見識到永無止盡的人間真善美。

阿仁

作者序
從鏡子裡看見的故事

劉芷妤

在還是果果老師的那些年裡，我經常被來自不同環境的孩子教育，他們不斷顛覆我對「純真」與「幸福」的認知，甚至改寫那些口耳相傳已久、我也從未覺得哪裡不對勁的價值觀。他們告訴我，孩子並不只是一張白紙，更是一面鏡子。

孩子對於他人展現的態度，或多或少地映現了家長與老師，甚至世界本身。

此刻再度與這幢百年古蹟裡的稚幼心靈相遇，彷彿是為了讓我寫下這些年來，我從鏡子裡看見的故事。

因此，這個故事不僅是給孩子們看，更希望為人父母師長的大人們也願屈身一讀。當你讀完故事，回到現實世界之後，我盼望你也和我一樣，在鏡子裡看見一個，永遠想要變得更溫暖的自己。

榕榕

作者簡介

劉芷妤，一枚精靈。職業幻想家。無糖。半透明。雙份酒精。宜酌量使用。畢業於東華大學創作與英語文學研究所文學創作組，主修魔法與想像力學。堅決信仰愛與正義，反對任何童話以外的理論。領有業餘女巫與寧芙七級執照。現任賣故事的老女孩。

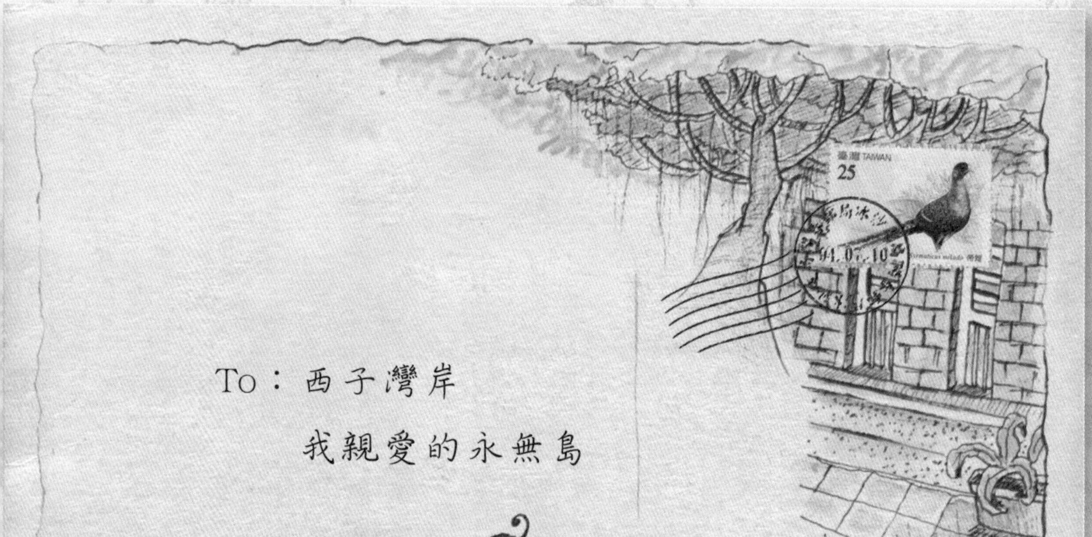
To：西子灣岸
我親愛的永無島
臺灣 TAWAN
25

POST CARD.

親愛的永無島：

好久不見。

不知道為什麼，雖然已經離開了這麼久，每次閉上眼，好像還是可以看見那片溫暖的紅磚牆，純白色的漂亮圓柱，還有門口兩棵總是窸窸窣窣，彷彿說著悄悄話的榕樹綠蔭。

紅色，白色，綠色，還有西子灣藍色的海，這四種顏色組成了我的童年，我在育幼中心——不，我在永無島的童年。

聽說新大樓已經蓋好了，弟弟妹妹們一定很興奮吧？希望下次我回去看你們之前，他們可別興奮得把新大樓給拆了才好。

親愛的永無島，我好想念你們。

愛你們的彼得潘

嘿，新來的！

對南台灣的日頭來說，該是夏末秋初的九月，暑假其實才剛開始。

暖烘烘的午後陽光下，西子灣的瀲灩水色與柴山的蓊綠山景互為映照，緩風吹徐，一山的樹影搖晃，乍看竟如同綠海漣漪，一點也不讓港灣裡的大片碧波專美於前。沿著山勢蜿蜒，西子灣與柴山溫柔環抱的哈瑪星街廓，在燦金陽光下宛如凝結在時光之中的模型街道，人跡漸少，貓狗慵懶躲在蔭下睡得打呼。開始收攤的傳統市場攤商們，一邊準備收攤，一邊卸下人聲鼎沸時的緊張與匆忙，開始笑語街坊八卦事；而緊鄰柴山山腳下，依山面海的登山街，則隨著山林裡拂來，帶著樹梢涼意的徐風，漸漸沉入愜意的午後睡意中——

「啾。」

吊床晃了一下。

榕榕眼睛半睜，隨即又閉上。

「啾。」

這次她連半睜眼睛都沒有，閉著眼在心裡很快想了一輪可能的兇手。

身下躺著的是自己親手用榕樹氣根編成的吊床，牢靠得很，怎麼說都不太可能斷掉，至於那些小鳥蚱蜢松鼠蜻蜓的，應該早就知道這方圓百里內就屬她最大，不會有哪個不長眼的敢在她午睡時來叨擾她。

除非是柴山上那幾隻猴子……不對，牠們的午休時間比自己還長，忙著抓蝨子和搶登山客飯糰吃都來不及了，不太可能專程下山吵她睡覺，況且要真是那幾隻過動的猴崽子，那肯定是整棵樹遇上大地震似的搖，不會是這樣有一下沒一下的。

好像還是可以看見那片溫暖的紅磚牆，純白色的漂亮圓柱，還有門口兩棵總是窸窸窣窣，彷彿總是說著悄悄話的榕樹綠蔭。

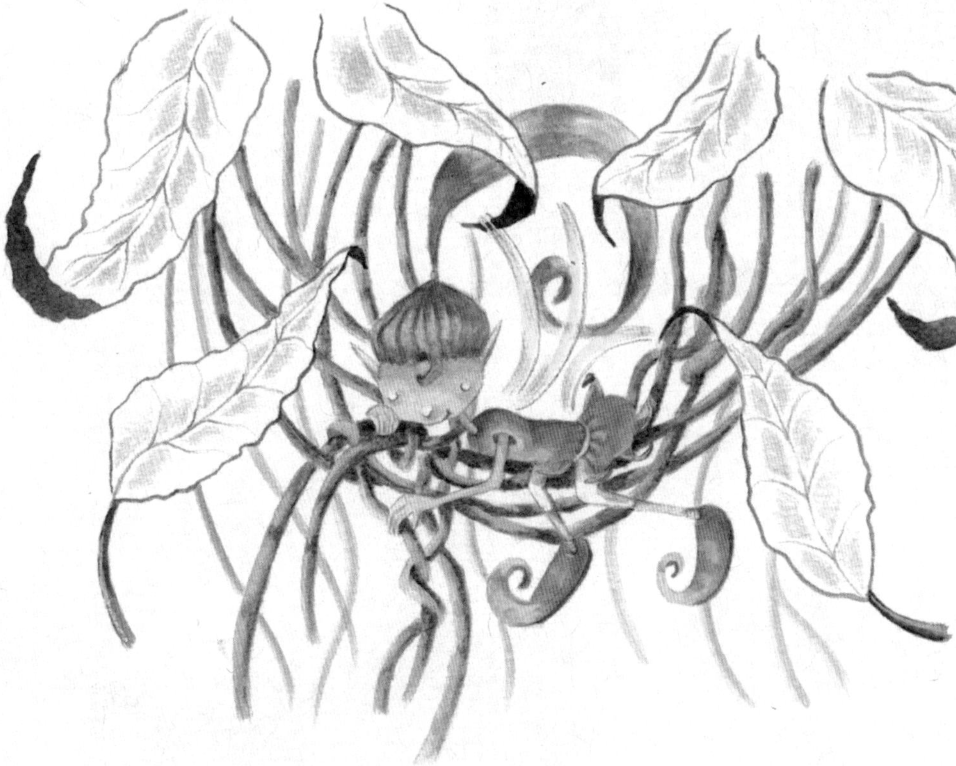

肯定是自己做夢了……榕榕想著，再度跌入沉睡。

「啾。」

榕榕杏眼圓睜，從自己心愛的氣根吊床上跳了起來，振翅懸浮空中。「大膽妖孽！居然敢吵醒本姑娘睡午覺！」

「咦？」一個極為稚氣無辜的聲音從吊床邊冒出來。「我、我不是妖孽，我是阿仁。」

阿……仁……？

嗯，這名字似乎有點耳熟，又似乎有點遙遠。

吊床邊冒出一個小不隆冬的綠色身影，圓圓的小臉上鑲著一對睜得大大的眼睛，表情半是緊張半是痴呆，嘖，看起來就是個笨蛋小鬼。

「阿仁是誰啊？我可沒聽過……」榕榕一邊不耐煩地咕噥著，一邊

沿著山勢蜿蜒，西子灣與柴山溫柔環抱的哈瑪星街廓。

也看見了阿仁背後的那雙翅膀。

與她一模一樣的，隱約看得見葉脈的透明葉片翅膀。

咦？!咦！！！！

「你、你、你……」榕榕一下子都想起來了，這是那個新來報到的小鬼嘛！隔壁剛蓋好的新大樓前那兩棵欖仁樹的精靈，對對對，那個誰誰誰在那個什麼時候好像是有跟她提過這麼一回事兒，只是她轉個頭就全給忘光了。

「我是新上任的欖仁樹精靈阿仁，他們說榕樹精靈會在樹邊等我報到，可是、可是我在欖仁樹旁邊等了好久都沒等到，就自己亂晃亂找找過來了……姊姊，妳是榕樹精靈嗎？」

廢話，看到我這身跟你類似的打扮和翅膀，還用得著問嗎？榕榕抓抓頭，有點心虛自己完全忘記要接待新精靈上任的這回事，也有點氣惱自己的午休被吵醒——不過這兩件事都不能說就是了。

「我是榕榕，是這棵榕樹的樹精靈，嗨。」她拍拍翅膀飛到阿仁身邊，意外地看見他緊緊抱著樹枝，手上扯著編成吊床的其中一根氣根——估計剛剛就是一直猛揪這根氣根搖晃吊床才吵醒她的。「咦，你、你這是……你該不會還不知道怎麼飛吧？那你怎麼從欖仁樹那裡跑到這邊來找我的啊？」

「我……」阿仁無辜地咬住下唇。「我、我剛剛就從欖仁樹上爬下來又爬上榕樹來啊，人家、人家有懼高症嘛。」

懼高症？

懼高症！

「啊哈哈哈哈哈哈哈，啊哈哈，啊哈哈哈哈哈哈……」榕榕捧著肚子笑得忘了維持平衡，一個不穩就往下掉了幾十公分，幸好在跌落地上前及時又拍拍翅膀飛了回來。「你、你、你……啊哈哈哈，你是說，一個精靈，不會飛……啊哈哈哈，不會飛，還、還怕高？啊哈哈哈哈哈哈……」

「榕榕姊姊……」不用看就可以知道阿仁那張圓嘟嘟的小臉正又羞又惱地看著自己，哎唷笑死人了，怎麼會派一個連飛都不會飛的新精靈來啊？

「他們說來這裡再叫妳教我就好了啊！」

「啊哈哈哈，對啊對啊，來這裡我再教你就……咦？」終於發現事情不太對勁，榕榕趕緊又飛回來阿仁旁邊跟他確認一次剛才說的話。

「他、他們叫我教你怎麼飛？」

阿仁無辜地點點頭，榕榕立刻作出被雷劈到的表情。

「沒有搞錯吧？叫我教你？我、我還得跟你講這裡將近百年的歷史耶，我哪有這閒工夫教你飛啊？那些傢伙就這樣把你丟給我啊？也太不

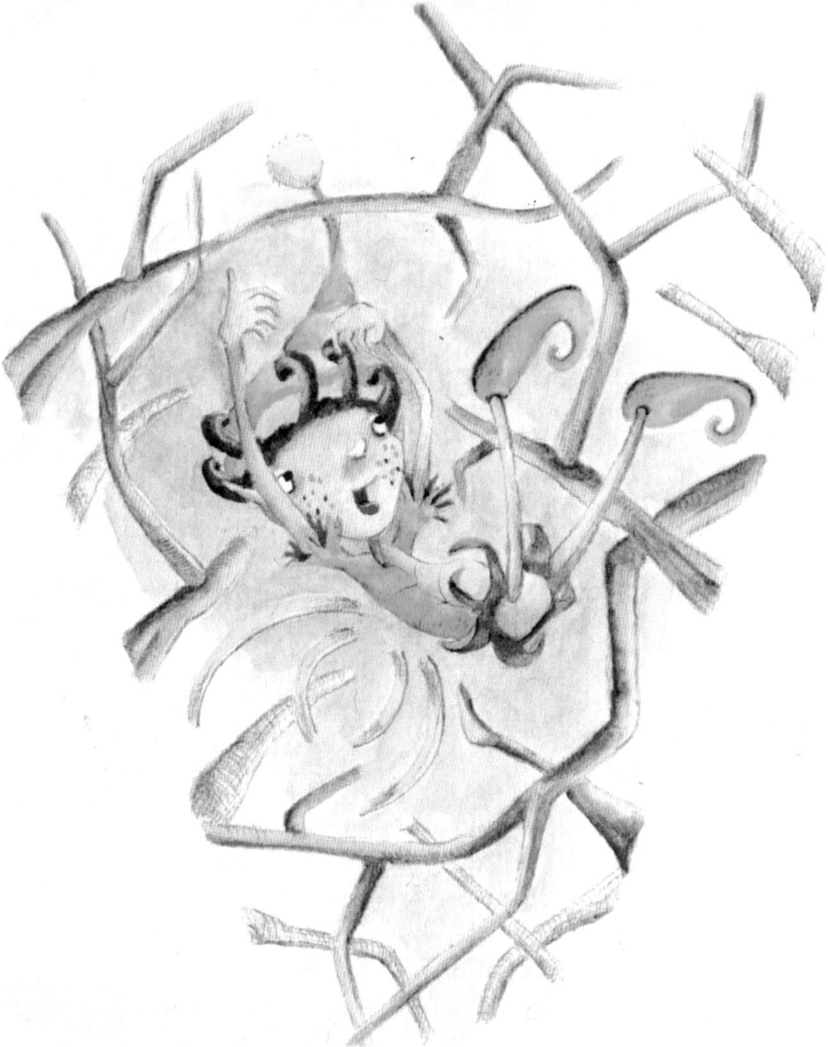

負責任了吧……」大概是想到光顧著睡午覺都忘了接待新精靈的自己也算不上負責，榕榕只好閉上嘴。

「咦，這裡有快要一百年的歷史喔？」阿仁眨眨眼，雙手還是緊緊抱著樹枝，但卻已經忍不住好奇地探頭望著這棵榕樹所在的院落，以及榕樹前的建築。

這就是他被派到這裡，要與榕榕一起守護的地方——高雄紅十字會育幼中心。

「你才知道啊？這裡可是市定古蹟耶，要認真講起來少說要講個一年吧……」榕榕努努嘴。「喏，那個英式紅磚牆面，可是大正年間最普遍的建築特色，雖然說是英式呢，其實就跟那時的日式建築一樣，混搭得很，像是紅磚牆是英式的，純白的入口門廊圓柱又有種希臘神話的優雅，屋簷下的鐵柱雙托架則透露了當時正值工業起飛的時代感；還有還有，最棒的就是這個白色洗石子和紅磚的對比色搭配，活潑溫暖又優雅，剛剛好就是我身上這身紅白色系精靈裝的由來……」

「等、等等……」雖然榕榕自認解說得很平易近人，不過對初次接觸的阿仁來說還是複雜了點。「什麼大正年間？這裡不是台灣嗎？哪來的大正年間啊？」

「台灣有段時間是在日本政府的統治下啊，這個地方就是那時日本政府蓋的，一開始叫作愛國婦人會館……愛國婦人會館這聽得懂吧？要不要我教你怎麼寫？」

紅十字育幼中心舊貌。（高雄紅十字育幼中心／提供）

「我會啦！我只是不會飛，妳不要瞧不起人家！」

阿仁氣嘟嘟的樣子正中愛搗蛋的榕榕下懷，她笑得又在空中翻滾一圈，好不容易笑夠了才又接著解釋。

「那個時候正值二次大戰期間，所以會館本來是用來作為大後方的補給支援，男人上前線打仗，女生當然也不能閒著，這裡就是當時女人們製作軍需品的加工處，也負有照顧前線傷兵的責任。」

「可、可是，他們跟我說，我這次要來守護的是

紅十字育幼中心舊時照養情景。
（高雄紅十字育幼中心／提供）

一個育幼院啊……」阿仁歪著頭皺起眉。「怎麼又變成什麼愛國婦人會館啊？我該不會是走錯地方了……」

「海唷，我還沒講完嘛！」榕榕笑嘻嘻地飛上前輕輕敲了一下阿仁的頭，又迅速地拍拍翅膀退後一些，露出惡作劇得逞的頑皮笑容。

「戰爭總會結束的啊！戰爭結束之前，會館本來就有一部份的作用是照顧當時前線士兵留下的孤兒寡母，後來戰爭結束之後，不再需要製作軍需用品，也沒有傷兵需要照顧，所以就轉為照顧一些家庭功能不健全的孩子。到了日本政府撤離台灣，這裡就轉交給紅十字會，紅十字會則依照原先的功能，在這裡成立了現在的育幼中心。」

「哇，我知道紅十字會我知道紅十字會！所以這裡是紅十字會的機構囉？」

「欸……這個要怎麼說呢？」榕榕歪著頭想了想。「雖然育幼中心是紅十字會成立的，目前的董事也都是紅十字會成員，不過畢竟紅十字會的主要任務是海內外的急難救災，沒有兒童福利這一項，所以現在育幼中心絕大多數的經費來源，還是以民間一般捐款和政府補助為主。」

「那這個育幼中心也成立很久了吧？」

「當然啊，都五十幾年囉……」

榕榕眼尖地瞥見阿仁怪怪的表情，立刻瞇起眼盯著他。「你在想什麼？」

「育幼院都五十幾年了，愛國婦人會館都要一百年了，那這兩棵榕樹還比會館更久……」阿仁掐著指頭算。「哇，那我不應該叫妳榕榕姊姊，妳明明就是榕榕奶奶嘛……」

紅十字育幼中心門前榕樹快一百歲了。
（高雄紅十字育幼中心／提供）

「叩！」

「凹嗚——」

阿仁眼泛淚光，摸著頭頂被榕榕狠狠爆了個栗子的痛處。

「你說我看起來幾歲啊？」榕榕的聲音聽起來像是藏了顆未爆彈。

「嗚……十、十五歲……」阿仁的回答比拆彈大隊還要小心翼翼。

「很。好。」榕榕滿意地點點頭。「我告訴你，這可是育幼院守護精靈的附加福利之一，雖然住在這個很老很老的古蹟裡，卻每天都和小娃兒混在一起，和他們一起長大，然後等他們離院了，又有新的一批蘿蔔頭冒出來，每天都在這個古蹟裡上上下下地跑啊玩啊哭啊笑啊，想變老都很難吶！」

但是妳的個性也一樣幼稚耶……阿仁摸著頭頂想著，自然是一個字都不敢吭。

「聽起來……好像彼得潘的永無島喔。」

「什麼？」

「就是永遠不會老的彼得潘和他的夥伴們住的那個永無島啊，在那裡，我們永遠都是小孩，永遠都不會長大……」

「嗯，聽起來還真的蠻像的耶。」榕榕笑了起來，她笑起來唇紅齒白，和她身上精靈裝的紅白配色一樣好看。「古蹟裡的育幼院，原來就是個永無島啊……」

「叮鈴——」

一聲清脆響亮的門鈴聲，喚醒了聊得正開心的新精靈和老精靈——啊，可不能讓榕榕聽見「老」這個字。

空中的榕榕和樹上的阿仁同時轉過頭，往門口望去。

像是紅磚牆是英式的，純白的入口門廊圓柱又有種希臘神話的優雅，

畫了可愛插圖的圍牆旁，兩個大人正站在門邊，對著育幼院裡走出來查看的社工微笑揮手，在他們身旁，一個滿頭像是核彈爆炸般鬈髮的小女孩，還踮腳按著育幼院的門鈴。

午休時間關上的育幼院大門，此時緩緩開啟。

兩個大人牽著小女孩的手，慢慢走上育幼院的階梯，經過入口門廊前那兩棵榕樹時，女孩還抬起頭，往樹上看了一眼。

「咦？她看得到我？！」阿仁驚訝地瞪大眼。

「喂，我們可是精靈欸，才沒那麼容易被發現呢。」榕榕一副覺得阿仁大驚小怪的樣子，故作老成地撇撇嘴。「看來，這個女孩跟你一樣，也是新來的。」

溫暖的紅磚牆，純白色的漂亮圓柱，還有門口兩棵總是窸窸窣窣，彷彿總是說著悄悄話的榕樹綠蔭。

「啊？什麼意思？」

「就是我們永無島的新夥伴囉。」

榕榕躲在榕樹的枝葉間，探頭往正在門口說話的大人們與小女孩望去，阿仁也有樣學樣地，探出了頭，想看清楚這個和自己一樣「新來的」小女孩。

忽然，小女孩又抬起頭，眼光迅速地找到了阿仁，並且對他展開一個可愛的笑容。

「咦！」

她、她真的看得到我啦——

還來不及嚷嚷，驚訝的阿仁沒抓緊樹枝，手一滑就往樹下掉了下去。在榕榕的驚呼聲中，他嚇得眼睛一閉，想著這守護精靈的第一天居然也就是最後一天——

「嗨，我是抹抹，我念三年級喔。」

阿仁小心翼翼睜開眼，發現自己被小女孩伸出的手接個正著。叫做抹抹的九歲女孩將攤平的手掌靠近自己的臉頰，近距離地看著愣愣傻在抹抹手心裡的阿仁。

她、她不只看得到我，還……

「嘿，新來的！」

「新來的」抹抹，抹抹手上「新來的」阿仁，甚至是飄浮在空中被這瞬間變化嚇呆了的榕榕，全都一起轉過頭，傻傻地看著站在門口的男孩。

男孩背著書包，看來是因為開學第一天所以提早下了課。

「妳怎麼現在才來啊？都開學第一天了！」男孩叉著腰，頗有氣勢地盯著抹抹，似乎沒有看見抹抹手上的阿仁。「這樣妳都趕不上新同學介紹了啦！」

正在門口說著話的三個大人聞言都笑了起來，榕榕趁著抹抹還呆望著男孩的時候，悄悄飛到阿仁身邊，拉著他的手，趕快救走這個新來的笨精靈。

呼，一次兩個「新來的」，永無島這會兒可熱鬧囉！

沿著山勢蜿蜒，西子灣與柴山溫柔環抱的哈瑪星街廓，在燦金陽光下宛如凝結在時光之中的模型街道，人跡漸少，貓狗慵懶躲在蔭下睡得打呼。

武德殿一隅。

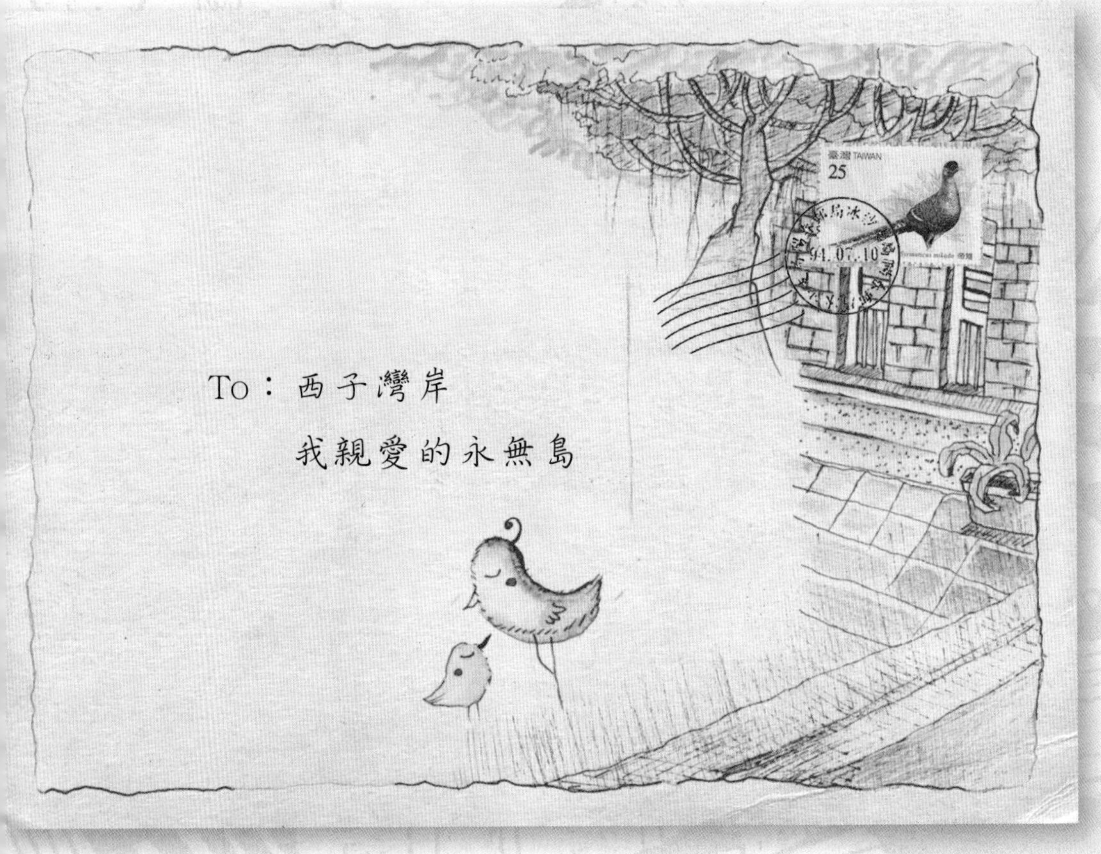
臺灣 TAIWAN
25
To：西子灣岸
我親愛的永無島

POST CARD.

親愛的永無島：

身為彼得潘，我覺得自己最幸運的事情不是可以飛行，也不是長生不老。

最幸運的是，我有一群永遠可以放心擁抱的兄弟姊妹。雖然我們沒有任何血緣關係，但一起生活、一起大笑、爭吵、和好、打架，以及互相包紮傷口……吵吵鬧鬧地走過所有生活中的鮮花與荊棘，那是多麼珍貴的情誼。

一直到現在，一直到很久很久以後的現在，一直到離永無島很遠很遠的現在，那仍然是我心中最美最柔軟的一塊角落，任何海盜的寶藏，都無可取代。

愛你們的彼得潘

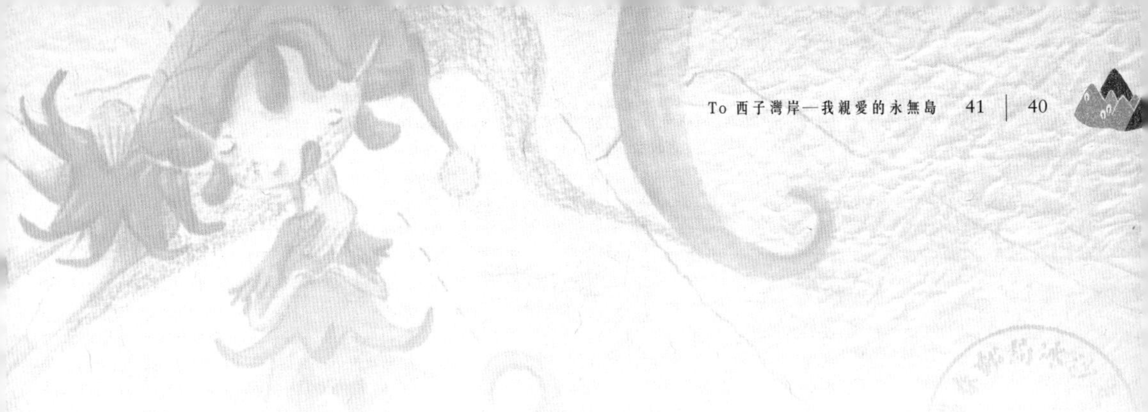

超完美哥哥

早知道就直接回房間，不要跟那個新來的說話了……雨翔悶悶地抓起棉被蓋住頭，不想聽教保老師在自己床邊囉嗦。

誰知道打個招呼會惹來這麼多麻煩啊？

「你再不起床，會來不及帶抹抹去她的教室再回自己教室喔，到時要是遲到我可不管你！」

「吼——」雨翔在被子裡老虎一樣吼了一聲。「我又沒有答應你們要帶她去學校！而且她又不是第一天去上課，社工老師昨天也有帶她去學校了啊，幹嘛還要我帶去啦！還要提早起床很麻煩耶……」

「人家剛轉來鼓山國小，你們四年級的教室就在三年級教室旁邊，就帶她一個禮拜，讓她熟悉一下環境不要那麼害怕嘛！」教保老師把手伸進被子裡搔雨翔癢癢。「好啦～你看，你不是一直很崇拜雨樹哥哥嗎？讓你練習一下怎麼當哥哥啊——」

「哎喲不要……哈哈哈哈哈……好、好啦……哈哈哈……老師你很奇怪……哈哈哈哈不要癢我啦哈哈哈……」被子裡一邊扭來扭去一邊尖叫大笑的雨翔終究投降，不過雨翔和教保老師都知道，他答應的原因並不是被癢得受不了，而是雨樹哥哥。

雨翔有一個哥哥和一個姊姊，幾年前發生意外的時候，他們一起被送來了這個育幼中心。十九歲的雨樹去年離院獨立生活了，偶爾還是會回來看看十六歲的雨燕和自己。

他一直非常崇拜大自己九歲的雨樹，也很希望自己能夠成為雨樹那樣的大哥哥。

教保老師這一招可真是抓住了雨翔的心理。

第三天的育幼中心生活，對抹抹來說還是很不適應。

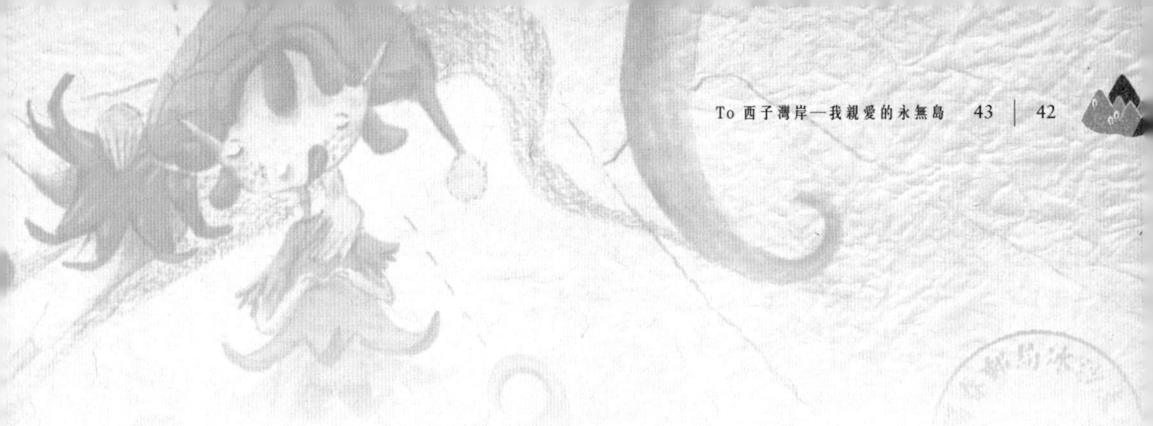

「阿仁，阿仁……」她伸出指頭推推枕邊的樹精靈睡得一起一伏好規律的肚皮。「你今天可不可以陪我去上學啊？」

「唔——」睡得正香的阿仁翻了個身，打了個滾，三百六十度地又翻回原本的姿勢，眼睛卻還是閉著的。「不行耶，榕榕說今天要教我怎麼飛，我要是蹺課她一定會揍扁我，妳也知道她超兇的。」

「可是……」

榕榕和阿仁是她到紅十字會育幼中心來最先交到的朋友，雖然其他小朋友和哥哥姊姊都對她很好，不過第一個朋友總是不太一樣——嗯，尤其是，別人都看不到她「第一個朋友」，是真的非常不一樣呢。

「可是，自己去上課，我會有點害怕……」

「妳不是一個人啊，還有其他也念鼓山國小的小朋友跟妳一起去嘛。」

「可是，可是沒有人跟我同班啊。」

「所以妳要趕快在新班級交朋友啊。」阿仁終於賴夠了床，抓著抹抹的枕頭邊邊站了起來。「別擔心，抹抹，我也是新來的啊，我們都要趕快適應這裡的生活喔。」

「抹抹。」房門口探近一張帶著齊眉瀏海的大女孩臉龐。「抹抹？」

「雨燕姊姊，早安。」

「起床了嗎？我幫妳熱好早餐了，趕快吃一吃準備去上課囉。」雨燕有一雙古靈精怪的明亮大眼，不過好像也看不見阿仁或榕榕。

套一句榕榕的話：「我在這裡一百年了還沒遇過一個看得見精靈的人，這個抹抹一定很不一樣。」

幾年前，紅十字育幼中心歷經十年的募款，終於在愛國婦人會館原址隔壁蓋了一幢外觀仿紅磚建築的五層樓房舍。

阿仁也有同感，不過，抹抹自己顯然不太希望別人覺得自己不一樣。

小客廳的桌邊，一群女孩或站或坐，手上抓著剛微波過的即時披薩塞進嘴裡，一邊還用嘴裡剩下的空間嘰嘰喳喳地聊著天。抹抹接過雨燕遞來的另一塊披薩，也塞進嘴裡嚼。

比起育幼中心更具日式風味的建築，武德殿紅磚建築前的原木露台上穿過了兩棵大樹，加上位於山麓上，好像整個建築都隱身在綠油油的林蔭裡，遠遠看起來就像是什麼森林小矮人的家。

「待會兒妳到樓下去等雨翔，他會帶你去教室。」教保老師跟抹抹說。「第一個禮拜他每天都會帶妳去喔，等一下妳要謝謝雨翔哥哥。」

「真的嗎？」抹抹鬆了一口氣。除了榕榕和阿仁兩個精靈，雨翔是她在這裡認識的第一個人，她也對雨翔格外有種信任感。

當然，雨翔的姊姊雨燕也很親切，只是她有時實在太熱情，熱情到讓抹抹都傻眼了。

像是現在，雨燕啪啪啪連續疊了三塊披薩在自己手上。「雨、雨燕姊姊……這樣太多了，我吃不完啦。」

「可是巷口那家超商送來的時候說快過期了，要我們趕快把這些東西吃完免得浪費耶。」雨燕自己看來也非常努力地往嘴裡塞著披薩，講話已經幾近口齒不清的地步。「還有冷凍包子也還有好多，我們要趕快吃完……」

教保老師嘆口氣，把雨燕手上的披薩搶下來，放回盤中。「妳阿呆啊？吃不完過期總比噎死好，健康重要啦！」

「噢……」雨燕聳聳肩，努力把嘴裡的東西吞下去，然後把抹抹手上的披薩也放回盤子裡。「那妳也是喔，吃飽就好，不用太勉強。」

「人家好心送冷凍食品給我們，是想說這種東西早上很快就能熱來吃，比較方便，不是要你們像養豬一樣把這些食物在過期前吃光光

啦！」教保老師頗感頭痛地揉揉髮際，有時候還真覺得雨燕這丫頭天真到傻氣，又傻氣到可愛的地步。

「好啦，我知道了。」雨燕看著抹抹吃掉最後一塊披薩，正像小貓似的舔舔指頭，還不死心地又問了她一次。「抹抹，妳真的不再多吃一點嗎？」

「不、不用了，我吃飽了！」抹抹跳起來，趕快跑去流理台邊洗盤子順便洗手，連忙背起書包，溜到樓梯口。「那我、我先去樓下等雨翔哥哥了，再見。」

「再見！」雨燕彈鋼琴似地在空中動動指頭跟抹抹說再見，笑起來的樣子和雨翔哥哥好像。

「準備好魔鬼訓練了嗎？」走到育幼中心的入口門廊前，已經等在那兒的榕榕飛到抹抹口袋邊，把躲在裡頭的阿仁揪了出來。

「哎唷——」阿仁驚慌地在空中踢著腿。「榕榕姊姊妳不要放手喔，

武德殿一隅。

好恐怖啊——」

「才離地面一公尺而已，是有什麼好恐怖的啦。」榕榕倒是很喜歡這種讓阿仁失聲尖叫的小把戲，嘻嘻笑著對抹抹眨眨眼。「我剛剛去看了一下，雨翔還在準備書包，就快下來了吧，妳再等一下囉。」

抹抹微笑著點點頭，望著榕榕和阿仁吵吵嚷嚷地飛進榕樹枝椏間，自己則在階梯口坐了下來，安靜地等著。

武德殿，很多人在這裡學劍道跟柔道。

幾年前，紅十字育幼中心歷經十年的募款，終於在愛國婦人會館原址隔壁蓋了一幢外觀仿紅磚建築的五層樓房舍，新大樓目前是女孩們和年紀較小的小男孩居住，男孩們則大多繼續住在紅磚會館的二三樓。

新大樓前的兩棵欖仁樹，就像會館前的兩棵榕樹一樣，默默地看著孩子們一批又一批地長大。

他們一定也聽了許許多多，不得不離開原本家庭，來到這裡生活的故事吧？

不知道雨燕姊姊和雨翔哥哥的故事，是什麼呢……

「抹抹。」雨翔背著書包跑出來，看著抹抹的表情有點尷尬。「走吧，我帶妳去上課。」

「謝謝雨翔哥哥。」

「哥哥」這兩個字，好像讓還有點心不甘情不願的雨翔嘴角露出了一點微笑，腰桿兒也挺得更直了。

其實，育幼中心到小學的距離非常近，沿著登山街一直走，沒幾百公尺就到了。早上的日頭還沒那麼熾，加上有座柴山遮蔭，滿街都是清爽的綠意。他

武德殿舉辦國際劍道交流大會。

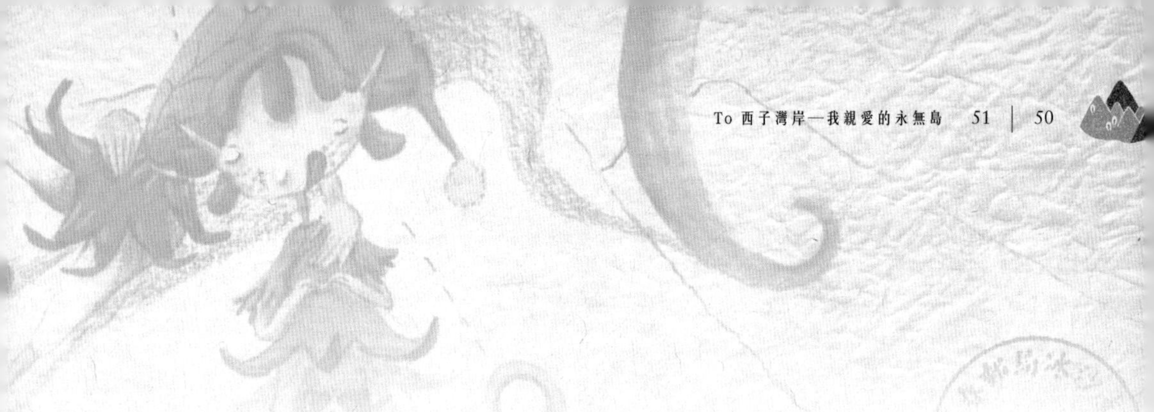

們走著走著，經過一處好漂亮的地方，清爽淺色的原木扶梯，順著山勢斜斜地通往一座也有著紅磚，比起育幼中心更具日式風味的建築，紅磚建築前的原木露台上穿過了兩棵大樹，加上位於山麓上，好像整個建築都隱身在綠油油的林蔭裡，遠遠看起來就像是什麼森林小矮人的家，有趣的是，牆上還有箭與靶的浮雕，看起來超酷的。

「我這學期開始要在這裡學劍道喔。」

「這是什麼地方？還有劍道可以學喔？」抹抹仰頭看著雨翔望著那幢大建築的表情，彷彿帶著一絲崇拜。

「這是武德殿，很多人在這裡學劍道跟柔道喔，我哥哥之前也在這裡學過，他超強的！」

「雨翔哥哥也有哥哥？雨翔哥哥的哥哥在哪裡？」抹抹一串哥哥說下來毫不含糊，繞口令似的，逗得雨翔忍不住笑起來。

「嗯，雨樹哥哥超厲害的，壞人都不敢欺負他。」駐足在武德殿前

爆炸頭
孤兒
可憐 過分同情
流浪漢
不乖的孩子
歧視 偏見
神經病 臭雞蛋

的雨翔眼裡發光。「他現在已經離院去外面唸書工作了，但是還是會回來看我們。我拼命拜託老師他們，努力考好成績，他們才答應這個學期可以開始去學劍道，那我以後也可以跟哥哥一樣，保護大家了，誰都不能欺負我們家的人，還有中心的老師和大家，嗯，還有義親（註），我也要保護我們的義親……」

抹抹眨眨眼睛，想像著雨翔哥哥長大以後的樣子，嗯，那應該就是雨樹哥哥的樣子吧。

「義親是什麼？」

「就是，對我們很好的人……他們有時候會帶我和哥哥姊姊一起出去玩，跟他們家的小孩一起……」

「唔——」抹抹聽得一知半解。

「中心裡很多人都會有義親啊，就跟別人的乾爸乾媽一樣，有時候他們要全家去哪裡玩，就也會帶我們一起去，我們也常去他們家裡過節過年什麼的。」

註：
【義親】：即向兒少安置機構提供固定小額捐助的認養人，早期可與認養之院生院童一起出遊，但為避免意外，二〇一一年後已修改相關規定，僅可到院探視訪問。

「喔，乾爸乾媽呀——」抹抹點了點她的小腦袋，對這個好像懂又好像不太懂的新名詞，不知怎麼地有種嚮往的感覺。「雨翔哥哥，我也會有義親嗎？」

「矮由～林雨翔跟女生親親，好噁心喔！」

驀地，武德殿的綠蔭裡冒出了三顆腦袋，其中一個頭髮剃光光的男生身手矯健地從樹上爬了下來，擠出一臉促狹的標準臭男生表情。

「我才沒有！」雨翔一邊吼回去，一邊竟也下意識地往旁邊站了一步，離抹抹遠了一點。「臭光頭，你們走開啦，我要帶她去上課！」

「喔～是約會！」光頭顯然是雨翔在學校裡的宿敵，跟雨翔槓上似的，擠眉弄眼地擋住他們的去路。「我要回去跟班上女生說，你一定會被笑死，哈哈哈，跟這種和你一樣沒有爸爸的孤兒約會，哈哈哈——」

武德殿是孩子們課餘玩耍的去處。

練完劍，坐下來歇息一下。

「你女朋友好像流浪漢喔，哈哈哈哈！」

「你們還可以生流浪漢小孩，一家人都當流浪漢孤兒耶哈哈哈哈……」

另外兩個也跟著光頭嘻嘻哈哈地鬧著，抹抹窘紅了臉，不知所措地站在原地，摸摸自己老是被說成流浪漢的爆炸鬈髮，不知道這時候該怎麼辦才好。

但即使沒轉過頭，她也感覺得到雨翔握緊拳頭的憤怒。

「你敢亂講話，我哥這禮拜回來看我的時候我就跟他說。」雨樹的名號顯然非常有用，光頭三人一聽見雨翔的哥哥這周末要回來，嘴巴雖然還不肯認輸地囁嚅著，但聲量已經明顯降低不少。

「你、你以為我怕你哥啊？我、我……我才不怕你們這些孤兒咧！」

那聲量明顯地就是很怕，但心裡再怕嘴巴也是不能怕的。光頭轉轉

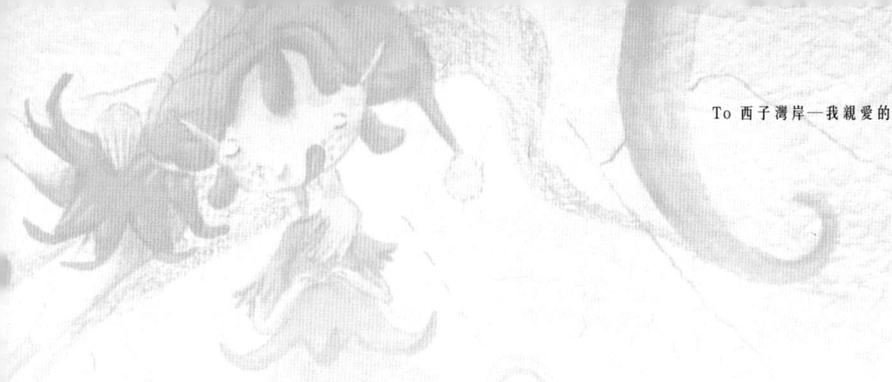

眼珠，找了個糊弄的藉口。「哼，我功課還沒寫完，要先去抄作業了，下次再跟你算帳。」

都沒說清楚究竟算什麼帳呢！光頭拉著另外兩個，聲勢大弱地跑走了。

他們走了好一陣子，雨翔還是氣鼓鼓地站在原地沒動。抹抹不敢靠近雨翔，怕他生氣自己太靠近他，可是，可是再不走，自己跟雨翔哥哥可能都要遲到了。

她垂著頭，不知所措地焦急著，忍不住眼裡就蓄滿了眼淚。

怎麼辦？都是我害的，我沒地方可以去了，如果連雨翔哥哥都生我的氣，不跟我好，那我連在這裡都沒有朋友了……

眼淚一顆一顆，跌落在武德殿前的泥地上。

「抹抹，走吧。」

垂著頭盯著地板的視線裡，多出一只抓著皺皺面紙的手，雨翔的手。

「妳很愛哭耶，這樣就哭，老師他們會以為是我欺負妳耶。」雨翔有點不耐煩的口吻，聽起來竟不像是生她的氣。「吼，妳趕快把眼淚擦一擦啦，我們趕快去學校了，不然要是遲到老師一定會罵我。」

說完，雨翔便大步繼續往前走去。

「嗯。」

不要害雨翔哥哥被老師罵。抹抹想著，抓起雨翔遞來的面紙隨便地擦擦眼睛，拔腿追上雨翔的時候，她忽然想到，不知道以前的雨翔哥哥，是不是也像這樣追著雨樹哥哥和雨燕姊姊去上學。

想像著和兄弟姊妹一起上學的情景，抹抹忽然覺得自己好幸福。

從今以後，這是她的家了。

追著雨翔的抹抹，眼眶忍不住又濕了——雨翔說的沒錯，抹抹還真是個愛哭鬼吶。

武德殿榕樹上旋掛的繪馬。

填海造陸的哈瑪星與對岸的旗津。

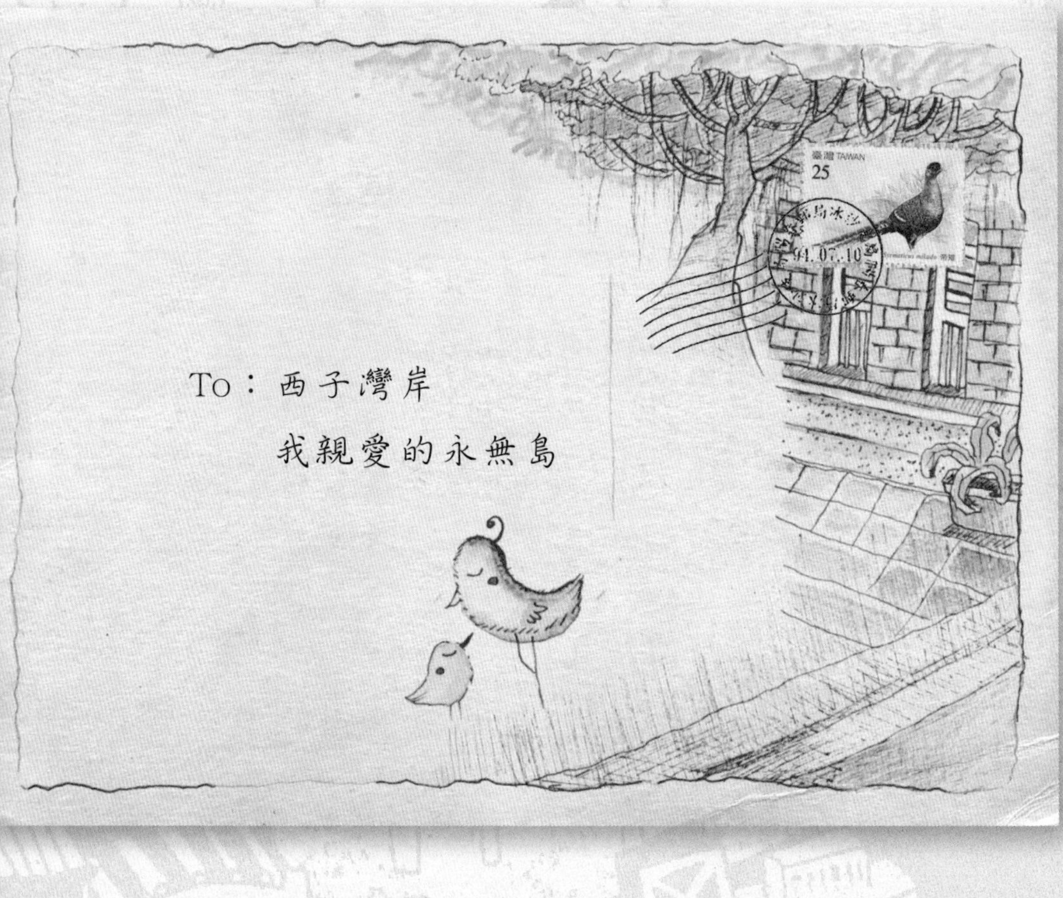
To：西子灣岸
我親愛的永無島
臺灣 TAIWAN
25
94.07.10

POST CARD.

親愛的永無島：

我有時在想，永無島究竟有什麼魔法，讓我離開了這麼久又這麼遠以後，還時時想念。

不可否認的是，童年記憶的確是最快樂的，可是我又深深覺得不僅如此：坐落在山與海之間，最老的古蹟和最年幼的童年，還有，那塊從海底憑空長出，簡直是魔法變出來的哈瑪星——所有最矛盾、最超現實又最美好的一切，都屬於我的童年……老實說，我很懷疑這世界上還有另一個地方能夠同時擁有那麼多特質，讓人那麼魂牽夢縈。

親愛的永無島，我好希望每個人都能明白這塊土地深藏的美好質地，珍貴一如地底的鑽脈，又矛盾地想要獨佔所有的故事，好向別人炫耀，我是在這裡長大的孩子。

愛你們的彼得潘

夢想中長出哈瑪星

「抹抹，抹抹。」

唔……今天不是星期六嗎？

抹抹揉著眼睛，在床上坐起來，才睜開眼，就看到也還穿著睡衣的雨燕離她好近好近，睜著一雙大眼睛嚷嚷。「抹抹抹抹，我們今天要去買早餐，趕快起床！」

買……早餐？

「早餐不是都吃冰箱裡的微波包子和微波披薩嗎？」

「今天是星期六啊！我們可以吃外面賣的早餐喔！今天輪到我們家去早餐店，是超級好吃的那家耶！」

初來乍到的抹抹，除了育幼中心以外，至今也只去過武德殿和鼓山國小，完全不知道雨燕說的「超級好吃」究竟是哪家早餐店，不過，能有機會出去走走也很棒，她其實很好奇這個明明位於高雄市區裡，卻能同時倚山臨海的育幼中心，周圍究竟是什麼樣子。

今天帶隊去吃早餐的，除了向來帶雨燕和抹抹一家的教保老師，還有育幼中心的總務組長張媽，其他姊姊們問張媽今天怎麼也一起吃早餐，張媽只是神祕地笑了笑，眨眨眼說：「咦，我也想吃超好吃的早餐店招牌肉包啊！」

上路啦！向來熱情過了頭的雨燕，理所當然地成為抹抹的導覽，在他們走向早餐店的一路上吱吱喳喳地一直說話，旁邊的其他孩子們則不時插花補充或吐槽。

而被榕榕評為「學習認真，特許休息一天」的阿仁，則坐在抹抹肩頭上一起出發，榕榕跟在抹抹身邊拍著翅膀，不斷跟抹抹抱怨阿仁有多笨，這個禮拜總共摔了幾次等等。

抹抹一邊覺得全身無力窩在她爆炸長髮裡的阿仁很可憐，一邊忙著聽榕榕說阿仁這禮拜鬧的笑話，一邊還得分神聽雨燕姊姊沿途的解說。

「這條街沿著柴山山腳下通往海邊的中山大學，我們現在走的方向則是往鐵路和高雄市區那邊去……」幸虧是住在規畫完善的高雄市區，東西南北向的道路系統讓超沒方向感的雨燕也勉強認得；而在標準棋盤式格局的哈瑪星，就更能對新加入的抹抹說嘴了。「不過那個高雄港站已經退休啦，現在變成打狗鐵道故事館和一大～片很漂亮的公園，我們吃完早餐可以盧一下張媽帶我們去散步。」

「喔喔喔喔，我忘了帶風箏來！」

「哪有人吃早餐在帶風箏的啦！」

「可是那裡放風箏很棒耶！」

「妳阿呆喔，這樣別家就會發現我們是預謀的了，我們要假裝是吃飽以後順便去散步啦……」

「對耶，雨燕姊姊，還是妳聰明……」

「那還用說！」

抹抹聽著她們你一言我一語的，忍不住發問。「可是只有我們家出來吃早餐耶，那其他兩家怎麼辦？雨翔哥哥會不會沒早餐吃啊？」

在兒少安置機構裡，規定每一位教保老師負責照顧的人數上限為十二個院生，在目前約有三十餘位安置對象的紅十字會育幼中心，則是分為三家，每家約有十二位。

多數男孩們一家，住在「榕榕管的」那幢古蹟建築裡，而位於古蹟旁，那幢屋前兩棵新栽欖仁樹的五層樓房，則是女孩們與年紀較小的小男孩一同居住的空間，共分兩家。

現在變成打狗鐵道故事館和一大～片很漂亮的公園，我們吃完早餐可以盧一下張媽帶我們去散步。

哈瑪星是日文裡濱線的意思，也就是沿著海岸邊鋪設的火車鐵道，那時，我們要去吃早餐的地方都還在海裡呢！

「我們是輪流的啊，全部的人一起出來吃早餐的話，早餐店會坐不下啦，所以我們要輪流去，老師也會派幾個人先把他們的早餐送回家給他們吃。」雨燕的表情輕快愉悅，腳下踏的步伐彷彿跳舞一般，讓身旁的人都感染了歡快的氣氛。

「雨燕這傢伙最讓人頭痛啦，老是想一堆鬼點子帶頭做白日夢，每次都把老師們搞得哭笑不得。」榕榕搧著透明葉片般的翅膀，維持著和抹抹走路相近的速度，嘰哩咕嚕地說著。抹抹一邊聽，一邊想：雨燕姊姊和雨翔哥哥真不愧是姊弟，個性都好像呢。

「不過啊，這其實也是哈瑪星這塊土地的原始個性吧，這樣一塊從無到有的土地，認真說來，本來就是從幻想裡實現的，在這塊幻想土地上長大的人，骨子裡多少是有點兒浪漫的吧。」

「咦？哈瑪星……從無到有？」坐在抹抹肩頭的阿仁，提出了抹抹也疑惑著的問題。「榕榕姊姊，你可不可以講中文啊？我都聽不懂！」

「我在教你的時候你都沒認真聽啦！我講的每句話都是中文啊……咦，不對，哈瑪星其實是從日文音譯過來的。」榕榕歪著頭想了想。「哈瑪星是日文裡濱線的意思，也就是沿著海岸邊鋪設的火車鐵道，那時，我們要去吃早餐的地方都還在海裡呢，是日本人把這裡的海填上土，才有現在這樣的陸地可以讓我們跑跑跳跳，睡覺上學，還又吃早餐又散步的。」

「什麼！」抹抹和阿仁同時喊了出來，雨燕奇怪地回頭看了一下不知道在跟誰說話的抹抹，抹抹連忙裝作沒事。

「抹抹，妳怎麼啦？」

「沒……沒有，我好餓喔，什麼時候才能吃早餐啊？」

「快到了快到了，等一下妳一定會覺得走這一小段路超值得的！」

雨燕開心地朝抹抹綻開一朵燦爛的笑，抹抹好喜歡雨燕姊姊的笑，她總

是不計形象地張開嘴巴哈哈大笑，燦爛又自然。

「我們現在站的地方，以前是海？是不存在的？」阿仁不像抹抹還要擔心被別人發現，自顧自緊張地飛上前去抓住榕榕的肩膀，激動地喊。「妳是跟我鬧著玩的吧？榕榕姊姊！這裡到海邊可是有一大片陸地耶，通通都是把土填到海裡去填起來的嗎？」

「對啊，從張媽他們平常去買菜的那些市場，還有很多廟口小吃的代天宮，海之冰、渡船頭……包括一大半的中山大學，通通、通通都是填海造陸啊！」榕榕很得意自己說的話引起阿仁和抹抹這麼激烈的反應，忍不住繼續說著這些小朋友和新精靈絕對不知道的神奇故事。「那時候日本人打算把高雄港修建成國際化的大港，為了讓港口航道更適合大型船隻進出，要把港口裡的淤泥挖起來，挖起的那些淤泥剛好用來填海造陸，造起的這塊海埔新生地，也正好第一時間趕上高雄港在日治時期最繁華的時代，不是我自誇，那時的哈瑪星啊，差不多就跟紐約曼哈頓一樣，匯集了所有人的夢想——想想看，一塊從幻想中實現的海埔新生地，又承載了最華麗最燦爛的夢想，難怪哈瑪星充滿了魔力啊！這樣的地方有個幾隻精靈，也只是剛好而已嘛。」

阿仁恍然大悟地猛點頭，不經意發現自己一時激動就拍著翅膀飛到榕榕身邊，還不知不覺地在空中停留了好一陣子，忍不住大叫：「啊！我飛起來了！」

「真的耶！」榕榕開心地拍著手。「酷耶，阿仁！看來這禮拜的特訓有……」

「天啊，我離地面好遠，好恐怖喔！」阿仁驚慌地瞪大眼，完全出乎榕榕意料之外地一邊咕噥著一邊飛回抹抹肩頭坐好。「嚇死我了，居然不小心就這樣飛起來，要是在空中忽然忘記拍翅膀該怎麼辦啊？呼——」

「阿仁！你……吼，誰會在空中忽然忘記拍翅膀啊？！」

「這種事誰知道嘛，說不定我就會啊……」

耳邊塞著榕榕和阿仁的爭執聲，抹抹跟著大夥兒轉了個彎，走上大馬路邊。

「從張媽他們平常去買菜的那些市場，還有很多廟口小吃的代天宮，海之冰、渡船頭……包括一大半的中山大學，通通、通通都是填海造陸啊！」

她從來不知道，自己住的這個小小育幼中心，居然是位於這麼一個宛如夢境般的地方，這裡不僅擁有一個充滿異國風情的名字——哈瑪星，而哈瑪星此處，一開始還只存在想像中，而後為了一個燦爛的夢想，在許多人的努力下誕生，簡直就是個不折不扣的夢想之地哪。

這塊土地，現在，就在自己腳下。

「劉阿姨，我要兩顆夏威夷肉包！」

「妳吃得完嗎？那個一顆就很大耶！」

「等等啦，先坐好一起寫單子啦！」

「其他兩家的單子已經寫好了，可以先買好帶回中心給他們。」

「蛤，這樣被他們吃光了我們還有得吃嗎？」

「放心啦，劉阿姨準備很多，吃不垮的！」

鬧哄哄的一團興奮又混亂中，抹抹這才發現他們已經抵達了雨燕口中那間「超好吃的早餐店」，看這情形，早餐店和育幼中心似乎還挺熟的呢，大家都直接管老闆娘叫劉阿姨，劉阿姨也非常親切地和大家打招呼。

「抹抹，妳要吃什麼？趕快來點啊！」十幾個大大小小的孩子們圍在早餐店擺設給客人用餐的木桌旁，非常激動地七嘴八舌考慮著要吃什麼好，抹抹好喜歡這種感覺，一群或大或小的女孩男孩們，相處起來既像親人又像朋友，幾乎就是她想像中最棒的「家」的模樣。她綻開一個興奮的笑，忙不迭地加入了點餐的行列。

「你再不跑啊，待會就被那群女生擠扁了你。」榕榕不愧是駐院多年的樹精靈，趁著抹抹跑進女孩群之前，抓著他的衣領，非常有先見之明地將阿仁帶離抹抹的肩頭。

「呼，還好妳把我救出來了，她們看起來好激動喔……」被揪著衣領「吊」離現場的阿仁餘悸猶存地呼出一口氣。「不過，我也好想吃吃看他們說的夏威夷肉包喔……」

「哪有精靈那麼貪吃的啊！」榕榕一邊敲著阿仁的頭，催促他趁這時自己練習飛行，一邊眼尖地瞧見剛付完早餐費用的張媽，竟然和早餐店老闆娘劉阿姨並肩走進了早餐店的後場。

「咦？張媽不用吃早餐嗎？怎麼跟劉阿姨走到裡頭去了？」順著榕榕的視線，阿仁也看見劉阿姨和張媽走進後場的背影。「難道……劉阿姨有比夏威夷肉包更好吃的東西要偷偷給張媽吃？！」

「你能不能別成天想著吃的！」榕榕嘖了一聲，對阿仁做了一個「跟我走」的手勢，跟在劉阿姨和張媽後頭進去。

穿過了擀麵糰、和麵粉的乾淨廚房，榕榕和阿仁跟著她們的腳步飛進了一間小辦公室——奇怪，張媽帶大家來吃早餐，為什麼還要跟早餐店老闆娘走到這麼秘密的地方來呢？

榕榕覺得她全身上下的偵探細胞都醒過來了，以前跟著孩子們看的那些福爾摩斯和亞森羅蘋的故事書，好像都在呼喚著，催促她跟著去瞧個究竟——

「……這裡是這個月的部分，妳點點看。」劉阿姨從角落的抽屜裡取出一個淺藍色的信封，交給張媽，張媽微笑著收下。「孩子們這陣子都好吧？」

「都好都好，還是跟以前一樣皮就是了。」張媽一邊說著，一邊低頭點算信封裡的鈔票。

「咦，這麼薄的信封裝得下肉包嗎……」仍然保持滿腦子食物的阿仁歪著頭想了想，不經意看見榕榕正用一副被雷劈到的表情，瞪著數算鈔票的張媽。「咦？榕榕姊姊妳怎麼啦？」

破、破案了……

榕榕沒想到自己生平第一次扮演偵探就碰到這樣的事。

「這個……這個難道就是……傳說中的收回扣……」榕榕神色震驚，阿仁差點以為她要哭了。「不可能……張媽才不可能這樣！劉阿姨也不會……」

「什麼是回扣啊？妳好像沒有教到這個耶。」

榕榕還來不及說話，張媽已經點好了信封裡的錢，收進隨身的包包裡。「謝謝妳，我回中心再開張收據請小朋友送過來。」

「沒關係，不急不急。」

「哪裡能不急，都要照規矩來的。」張媽溫馨地握了握劉阿姨的手。「謝謝妳一直這麼照顧我們家的孩子，連捐款都這樣偷偷來，不知道的人還以為是在收什麼回扣呢。」

咦？

阿仁發現榕榕的表情明顯地僵了半晌。

「哈哈，早餐店這種小本生意能收什麼回扣？」劉阿姨爽朗地笑開，和張媽再度並肩走出小辦公室，幸虧阿仁眼明手快，拉著楞在半空中的榕榕跟著飛出去，不然她早被關在辦公室裡頭。

「榕榕姊姊妳看妳啦，妳自己還不是差點忘記怎麼飛……」

阿仁咕噥著，加緊速度追上前頭的劉阿姨和張媽。

「……要不是那天會計發現，我們還真不知道小朋友最喜歡的早餐店阿姨，居然一直都默默捐錢給我們呢。」

「哎呀，說這個做什麼，也沒多少錢，應該的啦。」劉阿姨笑著揮揮手。「想說送你們早餐吃，孩子們總有一天會吃膩嘛，不如捐錢讓小朋友可以買自己愛吃的東西，也可以用來買書買文具，比送早餐實際多了，所以啦……」

「妳太客氣了，他們啊，每個禮拜都吵著要吃你們家的早餐，我可沒看到他們哪個喊說吃膩了，哈哈。」

「哈哈，他們愛吃我當然也很開心，對了，這禮拜有種新口味的蛋餅，張媽媽妳試試看，還蠻受歡迎的喔……」

「好啊好啊，老闆娘推薦的，那當然要試試看囉！」

跟著劉阿姨和張媽愉悅輕鬆的交談，榕榕和阿仁也沿著原來的路徑回到了店前的孩子們之中。

「榕榕姊姊，妳剛剛說的回扣是什麼意思啊？是捐款方式的一種嗎？」

面對阿仁一臉天真到可惡的表情，榕榕實在說不出自己剛剛究竟誤會了什麼。

「沒、沒事啦，你不是想吃吃看夏威夷肉包嗎？還不趕快趁抹抹沒吃完之前去偷咬兩口，要不待會兒就沒得吃了！」

「對耶，快快快！」阿仁眼睛一亮，立刻拍著翅膀飛到抹抹身邊，全忘了自己不久前還擔心什麼在半空中忽然忘記怎麼飛行的傻念頭。

「抹抹，留一口給我啊……」

令人意外的是，原本暗中計畫著等吃完早餐就要纏著張媽帶大家去散步的姊姊們，計畫完全沒派上用場，因為大家才陸陸續續剛吃完早餐，張媽就宣布：「待會兒我們吃飽後去散步吧，從鐵道故事館走到香蕉碼頭去！」

咦？

大家楞了一下，隨即歡呼起來。「耶——」

接著是一陣手忙腳亂的收拾。也許是因為院址就位於高雄最具歷史感、又身兼西子灣與柴山風景區的哈瑪星，孩子們從小也耳濡目染了這塊夢想之土的氣質，非常喜歡大家一起漫步街廓、在巷弄裡探險的散步之旅。

「什麼是鐵道故事館啊？」張媽領著大家一起出發散步後，抹抹忍不住悄聲問榕榕，比起已經在這裡住了好幾年的大家，她對於這個充滿故事的哈瑪星還是好陌生。

「嗯，妳記得我剛剛說的濱線嗎？高雄港站就是這個濱線計畫裡最重要的一環，當初在哈瑪星的歷史上占了很重要的地位，也帶動了這整個港區的繁華，現在的鐵道故事館就是退休的高雄港站，在裡面可以看到很多哈瑪星從前熱鬧時的火車故事喔。」榕榕回憶的眼神裡，好像還能見得到當時熙來嚷往的熱鬧場景。「雖然以前繁華的樣子也很美，不過，高雄的市中心移往現在的火車站以後，這裡慢慢地變成了另一種模樣，怎麼說呢？像是一杯茶葉渣渣慢慢沈澱到杯底，不那麼燙口卻還是清香甘淳的烏龍；又像是一甕陳年老酒——嗯，對，就是一甕老酒，沒有刺鼻的酒精味，喝起來順口醇厚，可是後勁強烈，會讓人上癮的那種……」

「什麼又茶又酒的……榕榕姊姊我聽不懂啦！」阿仁撒著嬌嚷著。

「哎呀，你們年紀太小，可能很難體會吧。簡單說，就是因為哈瑪星有一段很美的過去，所以現在她雖然不是全高雄最熱鬧的地方，卻有一種溫暖的歷史感，這種歷史感剛好跟到處都有的百貨公司不一樣，百貨公司賣的是全新的東西，哈瑪星帶給大家的，卻是一種只有像這樣的老地方才有的故事，喜歡聽故事的人，會忍不住愛上這樣的地方喔！」

打狗鐵道故事館，在裡面可以看到很多哈瑪星從前熱鬧時的火車故事。

「可是，東西不是都是新的比較好嗎？」阿仁搔搔頭，想不透其中的奧祕。

「不一定耶，像是我睡覺時一定要抱著的小被被，就是從我很小很小，媽媽還在身邊時就帶著的，上面有媽媽的味道，即使現在媽媽不在身邊了，我抱著小被被睡覺時，還是可以想起媽媽那時哄我睡覺說的故事，還有媽媽的味道……」

拍拍恍然大悟的阿仁，榕榕很開心地笑了。「對啊，抹抹好聰明，有時候啊，當我們擁有越多新的東西，就會忍不住想念那些不那麼新，卻有特殊意義和故事的老東西……」

鐵道故事館很快就走到了，張媽拗不過孩子們的請求，答應讓他們在鋪上木棧道的舊鐵路園區裡舒展筋骨，跑跑跳跳，教保老師愜意地坐在舊月台邊，笑咪咪看著抹抹被其他孩子們拉去火車旁，做出各種奇怪表情和姿勢拍照，歡快的笑聲在空曠的綠地迴盪，像是一群精靈躲在風裡玩耍。

「欸欸，你看，張媽又要偷偷去哪裡啊？」榕榕拉了拉順著氣流在空中盤旋的阿仁。「她往香蕉碼頭的方向過去了耶。」

「咦？」阿仁順著榕榕的視線望著張媽的背影，自作聰明地使用了剛剛學到的新詞兒。「嗯，張媽可能又要去哪裡收回扣了吧？」

「什、什麼回扣啦！你不要亂講話！」榕榕窘得羞紅臉。「那叫捐款！」

「咦？可是榕榕姊姊，妳剛剛自己說回扣的啊，那不然回扣是什麼意思啊？」

「你……」拉不下臉承認自己說錯話的榕榕瞪了阿仁一眼，轉身拍著翅膀追上張媽。「我要跟張媽去看看，要跟不跟隨便你！」

搞不清楚自己到底說錯了什麼話的阿仁，癟著嘴看看和大家玩得正開心的抹抹，再轉頭望著拍著翅膀飛在張媽身邊的榕榕，嘆了口氣，沒有選擇地也拍拍翅膀跟著飛往榕榕的方向。

張媽哼著阿仁不知道是什麼歌的悠緩曲調，沿著故事館與駁二蓬萊倉庫間的綠地往前走，左方是跑著一群孩子們的寬廣綠地，右方不遠處就是飄著鹹鹹海味的港灣，阿仁不由得放鬆地仰躺在暖暖的陽光下，望著清藍的南方天空上追來追去的幾只風箏，讓氣流帶著他往前飄流，榕榕姊姊的聲音在耳邊絮絮說著香蕉碼頭的古早故事，阿仁簡直覺得，好像整個世界都可以在這美好的假日早晨就此停格。

當初他被分派到高雄來時，他還很擔心呢，怕從此之後就得待在看不到完整天際線的灰撲撲水泥森林裡，也許綠意只剩被困在鐵窗裡的盆栽，或者站在馬路中央，被兩旁川流的車潮嚇得動都不敢動的行道樹……可是這裡，這裡真是太棒了，是個好不一樣的都市啊。

說不定，這座從夢想裡長出來的城市，意外地適合精靈呢。

榕榕姊姊的聲音在耳邊絮絮說著香蕉碼頭的
古早故事……

打狗鐵道故事館公園。

To：西子灣岸
我親愛的永無島
臺灣 TAIWAN
25

POST CARD.

親愛的永無島：

小時候在中心裡，接受了很多人的幫助，有的是捐款，有的是衣服、雜貨，最多的是娃娃。

有時教保老師們發給我們那些善心人士捐來的東西時，我都經常想，自己是不是收破爛的，為什麼我們總是拿別人用膩用壞的、甚至髒兮兮的舊東西？

有的人帶小孩來參觀，跟小孩說要同情我們、要惜福。有的人帶小孩來參觀，卻什麼也不說，只是帶著他們的小孩跟我們玩在一起，莫名其妙地就變成好朋友。

親愛的永無島，長大以後，我花了很長的時間才了解到，我會住在那裏並不是我的錯，不是我不乖，是因為上帝要我成為一個不一樣的人，要我比一般的孩子體會更多的人生。

那是我們變得更好的方式。

愛你們的彼得潘

微笑的方式

早餐店之旅的隔天中午，為了讓抹抹早點熟悉這裡的生活，張媽交給她一個小任務。

仍然是藍得沒有天理的無雲晴空，仍然是安靜得像是連風都午睡中的午後，育幼中心的大門在午休時間暫時關上了，抹抹從側邊小門走出來，攢著張媽交給她的鈔票，很緊張地走向離家不遠的市場。

麗香阿嬤的小蔬果攤就在這裡。

跟著飛出來的榕榕和阿仁保持著距離抹抹幾步遠的距離，讓抹抹自己依照張媽的指示找到麗香阿嬤。

或許是因為大多攤販都已經收拾好了，也或許是因為麗香阿嬤一直帶著親切的微笑看著她，抹抹並沒有太多猶豫，就走到了麗香阿嬤的攤子前。

「請問妳是……」

「是啦是啦。」麗香阿嬤笑得瞇起眼，親切熱情得像是魚尾紋都在笑著似的。「妳是抹抹對不對？」

「嗯。」抹抹點點頭，緊張得趕快把手上的鈔票遞給麗香阿嬤。「這是買菜的錢。」

麗香阿嬤沒有立刻接過鈔票，反而看著抹抹半晌，然後噗哧一聲笑出來。「憨嬰仔，哪有人這樣買菜也不問什麼菜多少錢就先把錢給人家的？這樣不對啦。」

「啊……」抹抹垂下手，楞楞地低頭看著自己手上的錢。「這樣不對喔？」

「妳要先問今天有什麼菜啊，然後挑幾樣妳想買的菜問價錢啊，還要討價還價一下，請頭家送你一些薑啊蔥啊蒜啊……」麗香阿嬤抿著嘴笑，似乎已經不是第一次面對育幼中心來的孩子了。

「可是，張媽沒有跟我說要買什麼菜……」抹抹傻不楞登望著麗香阿嬤的模樣，讓不遠處的榕榕笑得在空中翻了好幾圈。

「妳笑什麼啊，榕榕姊姊——」

「我啊，我……哈哈哈哈，我在笑，笑你們這兩個新來的怎麼都一樣呆啦！哈哈哈哈……」榕榕笑得差點要從空中掉下來。「哎喲喂，實在太可愛了，這種戲碼我看幾次都不會膩，哈哈哈哈哈……」

「可惡，原來妳堅持要跟抹抹來不是因為擔心她，是想看好戲啊？妳很壞心耶，每次都笑我跟抹抹，吼——」

很不幸的，阿仁連嘟起嘴生氣的樣子，在榕榕眼裡看來一樣是傻得可愛。

而且，顯然在麗香阿嬤眼裡的抹抹也是如此。

「哈哈，妳這孩子真古意。來啦，這是你們張媽已經先訂好的菜，總共七十元。」麗香阿嬤忍俊不住地拍拍抹抹的頭，拿出一大袋早就準備好的蔬果，交給抹抹，再從吃驚地呆望著自己懷裡一大袋菜的抹抹手上拿走鈔票，把三十元銅板擱在她手上，闔上她的指頭，笑咪咪地拍拍她的手。

「七、七十元可以買這麼多、這麼多菜喔？」抹抹還瞪著手上的一大袋各式蔬果傻眼。

「其他的是送你們的啦，你們年紀小還在發育，要多吃一點蔬菜比較健康，這支山藥記得叫你們廚房黃媽加排骨煮湯，很養生吶……」

「噢、噢，謝謝麗香阿嬤……」抹抹擔心地抬起頭。「可是這樣好嗎，我們好像拿太多菜了……」

「不要緊啦，我們這裡很多人都是這樣啊，那邊的豬肉攤也是常常

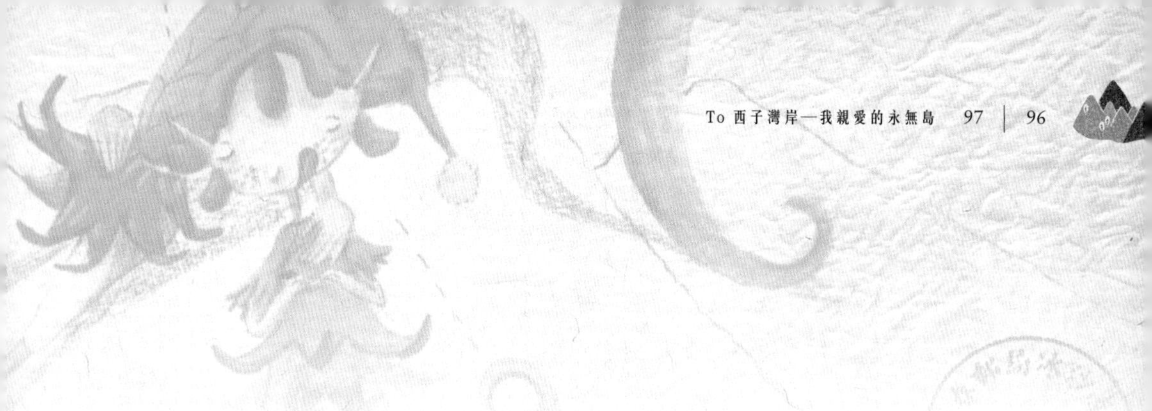

給你們半買半相送，啊厝邊隔壁就多照應一下而已，沒什麼好不好的啦，妳拿去妳拿去，你們張媽知道的啦。」麗香阿嬤充滿元氣的笑聲朗朗，讓抹抹也不由得笑了起來，規規矩矩地抱著一大袋蔬果，微微彎身給麗香阿嬤鞠個躬。「謝謝麗香阿嬤，那我回去了喔。」

「好，啊妳要記得，那個山藥煮排骨湯最好，還有那個香蕉……」

「要放地上比較快熟。」

「對對對，很乖。」

「麗香阿嬤再見。」

看著整張臉笑開的麗香阿嬤對抹抹揮手再見的模樣，阿仁好像忽然頓悟了什麼。他轉頭，榕榕還是一副莫測高深的微笑看著他。

「榕榕姊姊，妳帶我跟來，不是為了看抹抹笑話……」阿仁終於明白了。「妳想讓我認識麗香阿嬤。」

「在家裡大家鬧的笑話就夠多了，當然不差這一個——你說的沒錯，我想讓你認識麗香阿嬤。你知道為什麼嗎？」不意外地看見阿仁搖搖頭，榕榕接著解釋。「精靈之所以存在的一個很重要的原因，就是因為這些善意。但是人不會只有一種樣子，即使都是微笑也有很多種不同的方式，溫暖和善意當然也不會只有一種形式，我想讓你看見每個不同的人，用不同的方式對育幼中心表達的善意。」

阿仁似懂非懂地點點頭。「妳是說，昨天早餐店的劉阿姨，她自己是賣早餐的，小朋友也很喜歡吃他們家的早餐，可是她考慮到大家會吃膩同一種早餐，也會有吃早餐以外的需要，所以把她的善意化為捐款給我們。」

「對啊，那是一種非常體貼的善意喲，不過有很多人可能沒有能力像劉阿姨這樣每個月都捐款，他們的表達方式也會有所不同，但是都一樣讓人感動。」榕榕拍拍翅膀，照樣隔著一段距離跟在抹抹背後飛回育幼中心。「像是昨天我們還跟著張媽去了香蕉碼頭邊的港警所，你記得嗎？那裏的郭媽媽每個月都做資源回收，然後把資源回收得到的錢定期捐給育幼院，就這樣捐了二十年。」

「記得，後來郭媽媽服務的那些地方，像是港警所啊，保安隊啊，還有郭媽媽的朋友和家人，都很熱心支持，還把自己家裡的資源回收整理好，帶來給郭媽媽一起處理。」說著說著，阿仁心頭忽然一陣激動。「榕榕姊姊，原來你這樣帶我東奔西跑，都是有原因的，謝謝你讓我看見那麼多好棒的人……」

「很多時候，善意不是用金錢衡量的。那些在郭媽媽身體不舒服，沒辦法騎腳踏車將捐款送到育幼中心的時候，騎機車送她來的警察叔叔，或者每個月給郭媽媽一百元，請她等到年底一起送給育幼中心的伯伯，甚至還有幫忙蒐集福利券的阿姨……每個人都以為自己做的是微不足道的小事，但就是這樣發自內心的善意，才是最真誠最美麗的。」

「那也是，我們為什麼會出現在這裡的原因。」阿仁低聲補充。「是這些善意發著光，把我們吸引過來的，是嗎？榕榕姊姊……」

榕榕還沒來得及回話，就和走在前頭的抹抹一樣，猛然停了下來。

在他們眼前不遠處，是一個騎著機車的媽媽，載著一個男孩在育幼中心前停了下來。

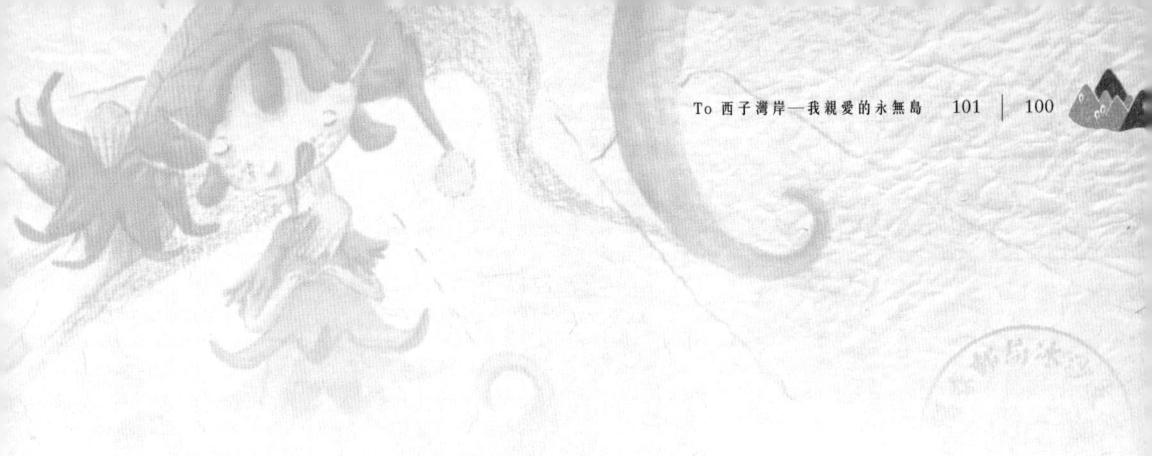

「下去！下去！我沒有你這麼皮的小孩啦！你給我去孤兒院住好了，去啊！去啊！我沒有你這種小孩，這麼不乖這麼皮，去當孤兒好了啦——」

媽媽的嘶聲厲吼，加上後座男孩緊抱著媽媽，夾雜著求饒與辯解的大哭，讓安靜的午後小巷忽然變了模樣。榕榕和阿仁吃驚地停在半空中，無法想像背對著他們的抹抹看著這一幕鬧劇，心裡究竟是什麼感覺。

「我沒有你這種小孩！下去！去當孤兒啦！」

「不要……媽媽我不要去孤兒院啦……嗚嗚，媽媽我不要啦……」

「再不乖就去住孤兒院啦你！每次都講不聽，我快被你氣死了！」

「不要……媽媽不要啦……我不要、我不要當孤兒……嗚嗚、嗚嗚——」

榕榕與阿仁對看一眼，很快地飛到抹抹身邊。

醬菜
市集

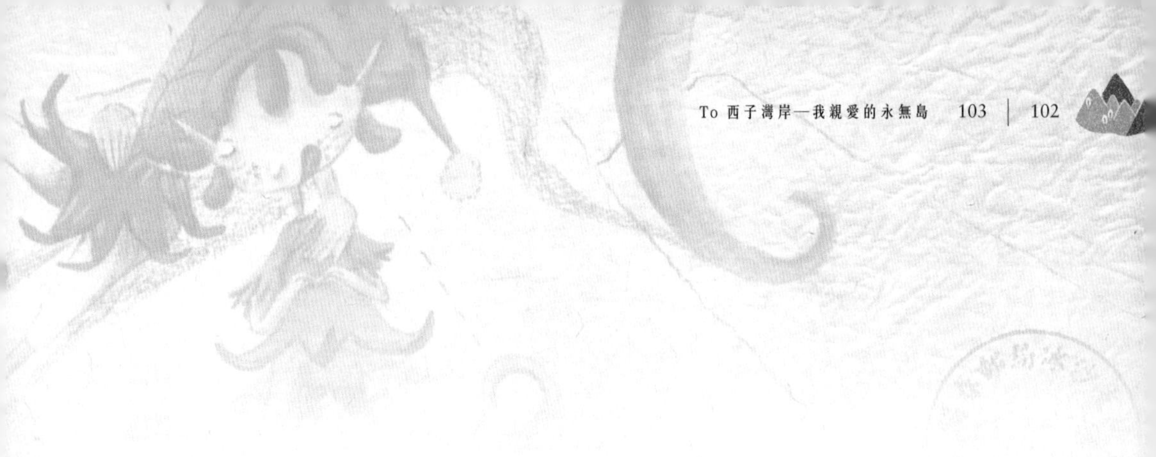

「抹抹……」

抹抹沒說話，甚至連看都沒有看他們一眼，只是動也不動地望著在大門口的那對母子。

她第一次知道，原來，原來孤兒院是給不乖的小孩住的。

原來，她是因為不乖不聽話，才被送來這裡的……

忽然間，大門打開了，一個綁著馬尾的年輕社工阿姨，從育幼中心門廊前的階梯上走下來，穿過那兩棵蓊綠的榕樹，直直走到門前，對著那對母子說話。

「誰跟你說這裡叫做孤兒院的？這是育幼中心，看到沒？那四個大字，叫做育幼中心，育、幼、中、心！」社工阿姨半轉過身，指著門口的「紅十字會育幼中心」，好像在教學生似的，一字一句清清楚楚地說。

那位媽媽被社工阿姨突如其來的『指導』嚇了一跳。「我、我不是那個意思……」

「喔，那是我誤會了。」社工阿姨轉過頭，對著被事情的變化嚇得都忘了哭的後座男孩說。「那麼我可能要跟這個小朋友強調一下，你媽媽的意思並不是說育幼中心裡住的都是壞小孩，他們不是因為不乖才住在這裡的，有很多育幼中心的小朋友都很懂事，還會幫忙照顧弟弟妹妹，絕對、不是、壞小孩！」

「呃、我、我沒有說……」剛才罵小孩罵得很流利的媽媽忽然結巴起來。

「還有，我們育幼中心的作用也不是用來收留壞小孩的，外面的壞小孩比我們家的還多，我們才收不完……」

「啊，是黃太太嗎？」育幼中

年代久遠的紅十字會招牌。

心裡又傳出一個溫柔的嗓音，那是張媽。

張媽沿著台階走下來，堆著滿臉笑容，伸手攬住社工阿姨的肩膀，輕輕拍了拍她，壓下了她顯然還很多很多想說的話，嘴裡卻是在跟那位媽媽閒聊。「黃太太，妳帶景明回家啊？」

「噢，是啊，他剛在補習班下課，我載他回家剛好經過……」

「今天日頭那麼炎，你們趕快回家吧，要不然會被曬到頭暈中痧，這樣就不好了。」

「對啊對啊，好啦，景明你有沒有坐好？我們回家了喔。」

後座的男孩吭都不敢吭，緊緊地抱住媽媽的腰，讓媽媽載著他在育幼中心門口前迴轉，經過抹抹、榕榕和阿仁，很快地騎遠。

但是，抹抹還是看見了，那個後座的男生，就是之前和雨翔哥哥吵架，又笑她是流浪漢的那個光頭男孩。

光頭男孩也看見抹抹，他很快地將臉別到另一邊去。

「抹抹。」

抹抹轉過頭，看見站在育幼中心門口前，溫柔招呼她的張媽和社工阿姨。

「抹抹，妳幫我買菜回來啦？謝謝妳，抹抹好乖好懂事喔！」張媽接過抹抹手上抱著的一大袋蔬果。「這麼多菜，黃媽一定很高興，我們趕快拿進去，讓她計劃一下晚上要吃什麼好。」

抹抹覺得自己沒辦法說話，只好點點頭，把口袋裡的三十元交給張媽。

「抹抹好乖。」社工阿姨也走過來，和張媽一人一邊，像是護衛著抹抹似的，站在她身旁。

「對啊，抹抹比社工阿姨還要乖，社工阿姨太衝動了，脾氣又不好。」

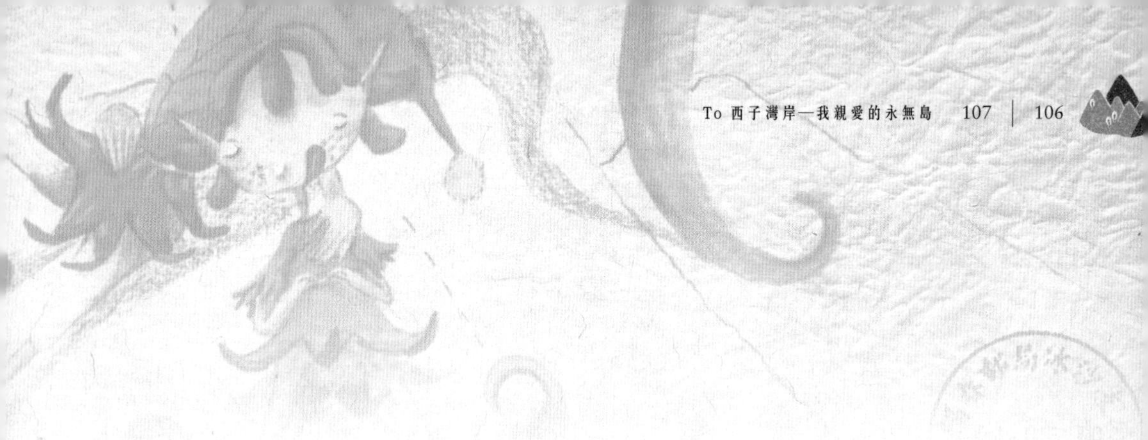

張媽笑著說，引來社工阿姨委屈地嚷嚷。「我才不是衝動……」

「還說不是，想想大家都是鄰居，一天到晚街頭不見巷尾見的，怎麼就這樣跑出去跟人家說了一堆大道理，我們也要顧慮一下鄰里間的觀感啊。」

「可是……那個黃太太，她以前就常常打電話來問我說，能不能讓他兒子來孤兒院住一陣子，看回家以後會不會懂得惜福——張媽，妳聽聽這種話！」社工阿姨的語氣甚至有些顫抖。「他們到底在想什麼啊？」

「但妳態度也不能這麼衝啊。」張媽嘆口氣，輕輕敲了敲社工阿姨的頭。「這樣的誤解也不是一天兩天，甚至一年兩年的事情了，妳這樣兇巴巴的，人家反而對我們中心觀感更差。」

「我……我心疼孩子嘛！他們這樣教小孩，一般小孩當然都對育幼院的同學朋友有偏見啊，覺得他們不是壞小孩被丟掉，就是很可憐要同情他們——我們家的孩子在學校裡會被歧視排擠，也大多是這種觀念造成的，這些小孩長大以後再把同樣的觀念教給他們的小孩，沒有人去跟他們說清楚正確觀念的話，永遠都沒完沒了的！他們連自己這種觀念叫做歧視都不知道！」

「唉，但是妳……」

張媽也說不出責怪社工阿姨的話，她知道，社工阿姨並沒有錯。

而那些媽媽，其實也只是想要教好孩子而已，卻不知道所謂同情孤兒這樣的說法，充滿了偽裝成善意的優越感，本身就是一種居高臨下的階級歧視。

無意識的歧視，比有意識的偏見更難扭轉，待在育幼中心工作這麼久，他們比誰都清楚這一點。

「我……」抹抹終於，能夠擠出一句話。「我、我被歧視了嗎？」

「抹抹——」社工阿姨心疼地輕聲喊著她的名字，卻難過得說不出話來。

有著紅十字符號的磨石子地板。

望著她無辜受傷的眼神，張媽蹲下身，溫柔地平視抹抹的眼睛。「抹抹，不管別人怎麼想，妳要相信自己，妳是個好孩子，這個我們都知道，妳也要相信自己，好嗎？」

抹抹說不出話，只能用力點頭。

隨著點頭的動作，兩串晶亮的淚水，叮叮咚咚地滑落在育幼院古老的磨石子地板上。

「榕榕姊姊，妳說，善意和微笑一樣，不會只有一種方式，是嗎？」

「嗯。」

「那偏見和歧視，也一樣吧？」

「嗯。有時候，人類還會把自己的偏見，當成一種善意。」

「榕榕姊姊，我想哭……」

「別哭，你對眼淚一定也有點偏見。眼淚這種東西，我們要盡量用在開心到不知道怎麼表達的時候才對。」

「那難過的時候呢？像現在這種好難過好難過的時候呢？」

「像這種時候，我們不哭，我們努力，努力改變它。」

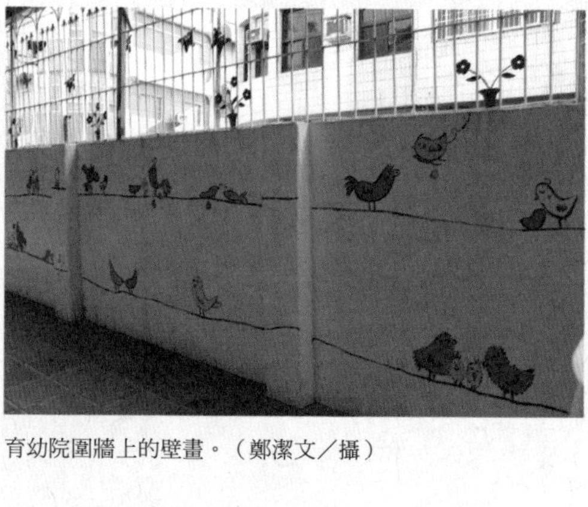

育幼院圍牆上的壁畫。（鄭潔文／攝）

溫暖的紅磚牆後，是孩子們的避風港。（鄭潔文／攝）

To：西子灣岸
我親愛的永無島

POST CARD.

親愛的永無島：

雖然這句話聽起來很像廢話，但我還是很想說：永無島外面的世界，和永無島真是差別太大了。

以前我總以為，像我們這樣住在育幼中心裡的小孩，多少都有一些悲傷的身世，所以，應該也很容易就能適應險惡的社會。

結果呢，完全不是這麼回事，離開永無島以後我反而發現，無論我們的原生家庭是怎麼回事，在永無島上，我們過著一種反倒比一般家庭更無憂無慮的生活，其他的朋友，好像都比我們更加世故。

離開以後才明白，當初那個不懂事的自己，甚至是以為我們過得很可憐的同學老師，都傻得可以了。

愛你們的彼得潘

小飛俠最愛鹹湯圓

自從在育幼中心門前遇見光頭男孩——那天她才知道他叫做景明，抹抹就一直隱隱擔心著哪天再遇到他。

奇怪的是，自己並沒有做錯事，那天就算看到光頭，她也一句話都沒有說，在大門口哭著喊媽媽的更不是自己，究竟為什麼這麼擔心害怕，她自己也不懂。

不過，鼓山國小就這麼小一個，光頭景明又跟雨翔哥哥同班，想要避開尷尬，似乎比隕石掉下來砸中教室還要難。星期四放學以後，她沒有直接回家，先和班上新認識的朋友在教室裡畫黑板玩了好一陣子，然後才慢慢踱步回家。

今天的功課比較多，不過還好晚上有中山大學的哥哥姊姊會來教大家功課。這一兩個禮拜，帶她的是一個外文系的哥哥，其他哥哥姊姊說，這個哥哥也是新來的，帶她這個新來的剛剛好。

她問外文系哥哥，外文系是幹什麼的，哥哥說外文系有很多漂亮女生，所以他才去讀外文系，結果旁邊的其他姊姊都叫了起來，七嘴八舌地說我們系上也很多漂亮女生啊，什麼什麼的，結果外文系哥哥好像被嚇到了，抓抓頭說沒有啦，其實他唸外文系是為了可以讀更多外國人寫的書。

結果其他哥哥姊姊又笑他轉太硬，外文系哥哥很無辜的樣子，只好一直說好啦好啦我要教抹抹寫功課了。

抹抹很喜歡外文系哥哥教她英文時念英文的聲音，很好聽，偶爾外文系哥哥還會跟她說一點點西班牙文。

抹抹想著有一天自己也要去

今天的功課比較多，不過還好晚上有中山大學的哥哥姊姊會來教大家功課。

讀外文系，那就可以學很多英文和西班牙文，還可以變成外文系裡很多的那種漂亮女生呢，漂亮女生的頭髮就不會像她這樣又捲又爆的像個流浪漢了吧。

抹抹一邊想一邊走，忍不住就自顧自地笑了起來。

「神經病！！」

她楞了一下，剛從武德殿上頭走下來的人就是她最不想遇見的光頭，他旁邊還有另外兩個男生，都是上次笑她的那一群。

晚上自習課時間會有中山大學的學生來幫小朋友溫習功課。

糟糕，今天雨翔哥哥一放學就去武德殿學劍道了，雖然就在不遠的地方，可是他們正在上課，根本不可能看到抹抹現在的情況。

「自言自語還在那裏對著空氣笑，神經病、花痴、三八阿花……哈哈哈！！！」光頭的另一個朋友尖著嗓子假笑起來，抹抹很確定自己根本不是那樣笑的。

她生氣地看了他們一眼，決定不要理他們，趕快回家就好。

育幼中心就在不遠的前方而已，走快一點就到了——

「神經病、流浪漢！妳要去哪裡？要去當乞丐喔？」光頭跳出來擋住她的路，把他能想到的所有詞彙都搬出來砸在抹抹身上，也不管其中究竟有沒有關連。「爛女人！頭髮好像被炸過一樣，妳是不是沒錢洗頭髮啊？哈哈哈，要不要我捐錢給你買洗髮精啊？髒鬼！流浪漢！乞丐！」

抹抹氣極了，自己明明是每天晚上都乖乖洗頭髮的，那個光頭連頭髮都沒有，其他兩個頭髮都油油的，她才是最乾淨的那個！「你走開！」她鼓起勇氣，低聲喝斥，同時往旁邊走了一步，想閃開眼前的臭男生，趕快回家。

「不要咧！」光頭露出一個惡意的笑容，一個大步就跨到抹抹身前，再度擋住她的路。隨即另外兩個也圍了上來，三個男生縮小陣形，困住瘦小的抹抹，而且居然在她身邊繞了起來，一邊嘴裡還念著「流浪漢、

沒路用
施捨
要飯吃
醜小鴨
乞丐
惡意
沒教養
不幸福
不知足
眼淚

臭雞蛋」這類隨口編出來的順口溜。

「不要轉了！你們走開啦！我要回去！」

一邊繞著圈圈一邊咒罵嬉笑的三個男生，可不是只有動口而已，他們一邊轉著圈讓抹抹頭暈目眩，還不時伸手打她的頭、扯她頭髮，抹抹拚命想從縫隙鑽出去溜回家，卻老是被他們一個拐子又架回來。

「哈哈哈、流浪漢、臭雞蛋、臭乞丐、沒路用、要飯吃、哈哈哈……」

「你們在幹什麼！」

一聲怒叱，三個男生全被嚇得停了下來，其中一個反應慢的，還停格在伸手抓抹抹頭髮的動作上，還真是賴也賴不掉。

「三個男生欺負一個小女生，男生做這種沒用的事情，晚上雞雞會爛掉喔！」

抹抹抬起頭，眼前是一個騎著機車的大哥哥，就停在他們旁邊，低頭恐嚇那三個男生，那三個男生顯然被嚇到了，有兩個還不自覺地伸手護住褲襠。

「是林雨翔他哥耶——」抹抹聽見其中一個男生用害怕的音調悄聲說。

「你、你跟林雨翔的雞雞才會爛掉啦！」光頭罵了一聲，很沒用地帶頭落跑了，另外兩個看了看不說話，瞪著他們的大哥哥，也下定決心似地轉頭跟在光頭屁股後面跑遠了。

「妹妹，妳沒有受傷吧？」

「沒有……」抹抹抓緊書包的肩帶，有點緊張。「謝謝雨樹哥哥。」

「咦？妳認識我啊？」

「嗯，雨翔哥哥和雨燕姊姊有說過你。」

「噢，所以妳是新來的？那上車吧，我剛好要回中心，載妳回去。」雨樹哥哥很帥地對她笑了笑。「我背背包，後面不好坐，反正只有一小段路，妳就站機車前面吧。」

抹抹眼睛一亮，既興奮又害羞地點點頭，跳上了機車前座。

回中心的路的確不遠，但短短的幾十公尺，就讓抹抹覺得很幸福。

以前，也是這樣讓爸爸載出去買東西的……抹抹想著，雨樹哥哥根本不知道她是誰，就在半路上見義勇為，難怪雨翔哥哥這麼崇拜他！而且他還像爸爸一樣載著自己回家，感覺真的好幸福喔！

雨樹哥哥的車子在中心前的圍牆邊停了下來，那裡還有另外三個跟雨樹哥哥一樣大的男生，也坐在他們自己的機車上，等著雨樹哥哥。

「欸你很慢耶，怎樣？在路上撿了一個妹啊？」其中一個頭髮染成紫色的，看著抹抹大笑。「靠，林雨樹你眼光也太爛，找一個還沒發育的，你變態啊？」

回中心的路的確不遠，但短短的幾十公尺，就讓抹抹覺得很幸福。

「你少囉嗦，那是我們中心的妹妹，你嘴巴給我放乾淨一點，不然看我錢還借不借你！」雨樹的口氣不佳，但那三個大男生卻還是嘻皮笑臉，絲毫不覺得受到威脅。

「啊，少囉嗦啦，反正你趕快進去拿錢，兄弟也不過就跟你擋點銀來花花，廢話那麼多……」

抹抹偷偷看了看雨樹，他的表情不悅，卻似乎沒有選擇地只能照他們的話做。「你們在這裡等啦，我自己進去就好。」

「知道知道，你快一點啦，恁爸快餓死了！」

那三個大男生揮揮手，逕自在圍牆外點起煙來抽，雨樹長長吐出一口氣，對抹抹示意她一起走進中心。

抹抹本來是應該直接走進新大樓回女生家的，可是她對雨樹哥哥實在太好奇了，也就乖乖地跟著雨樹哥哥走進那幢古老的紅磚建築裡。

「啊，雨樹啊？你回來了喔？」廚房裡走出來的黃媽開心地走來招呼雨樹。「今天怎麼有空回來？工作還順利嗎？有沒有打算念上去啊？啊你弟今天剛好去學劍道，晚點才會回來，你要不要一起吃飯……」

「黃媽，妳問題好多，我都不知道要從哪個開始回答了啦。」雨樹轉轉眼珠，看見從社工室走出來的兩位社工，也笑開臉地歡迎他回來。

「怎麼有空回來？快到吃飯時間了，要不要留下來跟大家一起吃晚餐？」一男一女兩位社工都熟絡地拍拍雨樹的肩膀。「咦？抹抹也跟在旁邊啊？你看雨樹哥哥有沒有長得很像雨翔哥哥？」

「是雨翔像我吧？我是他哥耶。」雨樹笑起來，卻好像有點心不在焉，想著什麼其他事情似的。「黃媽，我好想念妳煮的鹹湯圓喔，外面都很少賣鹹湯圓，而且都沒妳煮的那麼好吃，妳可以煮一碗給我吃嗎？」

「鹹湯圓？現在大熱天誰在吃……啊，好啦好啦，你回來說什麼我都煮給你吃啦，啊現在冰箱裡沒有湯圓，不然你等我一下，我去買一盒回來煮給你吃……」黃媽臉上藏不住笑意地回廚房拿了皮包再往外走去。「你喜歡吃鹹的厚？我也記得，你啊，小時候就不愛吃甜食……」

待黃媽走遠，年紀只比雨樹哥哥大一點的社工叔叔就開口了。「說吧，你這次回來有什麼事情？」

「什麼啊……」

「少來啦，你說要吃鹹湯圓只是想把黃媽打發走，好跟我們私下說什麼對吧？」仍舊綁著馬尾的社工阿姨歪著頭望著雨樹哥哥。「你這傢伙，又在外面闖什麼禍了？」

「哪有——我只是、只是回來拿點錢，就之前從小到大存的那些錢啊，拿自己存的錢不犯法吧？」雨樹的口氣裡有著心虛的戒備感。

「是可以啊，不過每個月生活費不是都會固定扣款到你帳戶去嗎？你要額外拿多少？要幹嘛用的？繳學費嗎？」

育幼院新大樓的閱覽室一隅。

「那是我的錢，你們管太多了吧，我都離院了，想怎麼用錢是我的事情。」

兩個社工互看一眼，再不約而同將眼光對準不肯直視他們的雨樹。

「怎麼啦？講話這麼生疏，我們又不是要限制你什麼，只是擔心你……」

「沒什麼好擔心的啦，反正先把錢給我。」

「喔，我看你是交女朋友了，開銷比較大對不對？」社工阿姨打趣地說。

「反正先把錢給我啦！」

「那你也沒說要多少啊。」

「全部。」

兩個社工又互看一眼。

「全部？」

「全部啦，不要問那麼多！」雨樹哥哥下意識擔心地望了望門口，社工叔叔立刻看出了端倪，他蹲下身，溫和地問抹抹。「抹抹，妳剛剛回來的時候，在外面有看到什麼不認識的人嗎？」

「有三個大哥哥……」

「你幹嘛套小孩的話啊？」雨樹哥哥焦躁地打斷抹抹的話。「那是我朋友啦，幹嘛！」

「沒幹嘛啊，有朋友就叫他們進來一起吃個飯嘛。」

「不用，我只是回來拿錢的，拿了錢就要走，你們先把錢給我，我也會辦你們要我辦的手續，我記得這樣就可以了，對吧？」

社工阿姨擔心地看了看正打算和雨樹談談的社工叔叔。每個孩子們從小都會有一筆用零用錢存下來的小金額，在他們長大離院後就可以動用，但是很多孩子都因為不善理財而在短時間內輕易花光，所以中心目前的作法是讓他們可以定時定額從存款裡領一筆生活費，如果有額外支出可以再跟中心另外請領。

但是，一次要拿走所有存款的情況並不多見，雨樹又不肯透露這麼多錢的用途，讓他們不禁有點擔心。

「雨樹，這些錢是當你沒有工作時可以應急的，你這樣一次全部要領出來花掉，我們會很擔心，我們不是要扣住你的錢，是想要了解一下這些錢的用處。」

「又不是你的錢，管太多了吧！」

「雨樹，你想想，你不是一直很希望等弟弟妹妹離院以後，你們可以一起住嗎？那這些錢如果省著點用，等到他們離院，也有一筆自己的錢，那你們就可以用來租房子，對不對？當然如果你現在有急用，我們也不會阻止你，只是，至少跟我們商量一下嘛，如果是學費的話，說不定中心也可以幫一點忙，你就不需要動用到這筆錢啦。」社工阿姨放軟聲調，試著和雨樹哥哥討論。

想到弟弟妹妹，雨樹的確猶豫了。

「可是……」

「是你在外面欠人家錢了嗎？」

「才不是，是他們要跟我借——」發現自己不小心說溜口時，已經來不及了。雨樹長嘆一口氣，只好照實說。「他們就說過陣子會還我，我想說出門在外最重要就是朋友了，那他們有需要，借一些給他們也沒關係。」

「朋友當然很重要……」社工叔叔看了社工阿姨一眼，後者的臉上明顯透露著擔憂。「不過，你自己也沒把握他們會不會還你吧？」

雨樹倔強地望著別處，沒有說話。

「既然如此，你確定你真的要把以後和雨燕雨翔一起住的基金借給他們嗎？」

「沒辦法啊，那他們就開口了……」

雨樹的話沒說完，外頭就傳出一聲黃媽的尖叫聲。

「雨翔！雨翔！你們這是在幹嘛！啊——緊來人啊！」

聽見自己弟弟的名字，雨樹簡直想也沒想地就衝了出去，隨後是跟著跑出去的兩名社工。

抹抹緊張地也跟到了入口門廊邊的階梯頂端，站在榕樹邊，望著大門口發生的一切。

「咦？雨樹回來了？我最喜歡他了，他可是中心當年最帥的男生耶，又有責任感——咦？！這是怎麼回事？」被混亂的吵雜聲引出來的榕榕在抹抹身邊飛著，被眼前的情況嚇了一跳。

大門口前，除了手上還拿著一盒冷凍鮮肉湯圓尖叫著的黃媽，還有剛從學校回來的雨燕，雨燕一臉驚慌，而擋在她身前的是還穿著劍道服的雨翔，擺出架勢面對著那三個雨樹哥哥的朋友。

率先衝出來的雨樹看到這情況，想也沒想地就大喝一聲。「你們在幹嘛！」

「沒幹嘛啊——」那三個雨樹的朋友不約而同聳聳肩攤攤手，擺出無所謂的姿勢。

「哥！」

幾乎是同時，雨燕和雨翔看見從中心裡衝出來的雨樹，都又驚又喜地叫了出來。雨樹腳步沒停地走過來，也擋在雨翔和三個朋友之間，就像方才雨翔為姊姊做的那樣。

「喔，她是你妹喔？你怎麼沒說過你妹這麼正啊？欸，阿樹，你這樣不夠意思啦，啊就找你妹一起出來玩，大家認識一下啊——」

「我才不要！」雨燕氣得大喊。「哥，那是誰啊？」

「哥，他們剛剛要欺負姊姊，還好我回來了！」

「這哪叫欺負？我們是要約你姊姊出去玩，小孩子不懂啦！」其中一個男生擠眉弄眼地說。「如果把你姊姊跟我一起關在賓館房間裡喔，那才叫欺負啦……」

雨樹哥哥的三個朋友同時露出奇怪又討厭的表情，哈哈大笑起來。

「夠了沒！」雨樹低吼一聲，一時間所有人都被嚇得噤聲。「不准你們動我弟我妹，聽到沒？不准！」

「又沒要幹嘛，聊聊天而已，他們自己大驚小怪的——啊對，你錢是拿到了沒？」

雨樹回頭，看了一眼站在門口的兩個社工，還有在他身後的弟弟妹妹，以及那一幢裝滿他所有童年和少年的老房子。

他忽然明白了什麼。

轉過頭，他深吸了一口氣，對著那三個朋友聳聳肩，露出一個無可奈何的表情。「剛剛看了一下戶頭才發現，不知不覺錢就用完了，我看我還得再跟你們借才過得下去了。」

「什麼？哪有這樣的——」

「我才沒錢借你，神經病——」

站在臺階上，遠遠看著雨樹哥哥的那三個朋友表情誇張地嚷了起來，抹抹忍不住綻開一朵可愛的笑。

「我就跟妳說吧，」榕榕得意地在抹抹耳邊輕聲說。「雨樹啊，他最帥了！」

真的耶，雨樹哥哥，你保護雨翔哥哥和雨燕姊姊的樣子，簡直就像小飛俠打跑虎克船長那樣，真的帥呆了。

育幼院安排晚上的自習課時間。

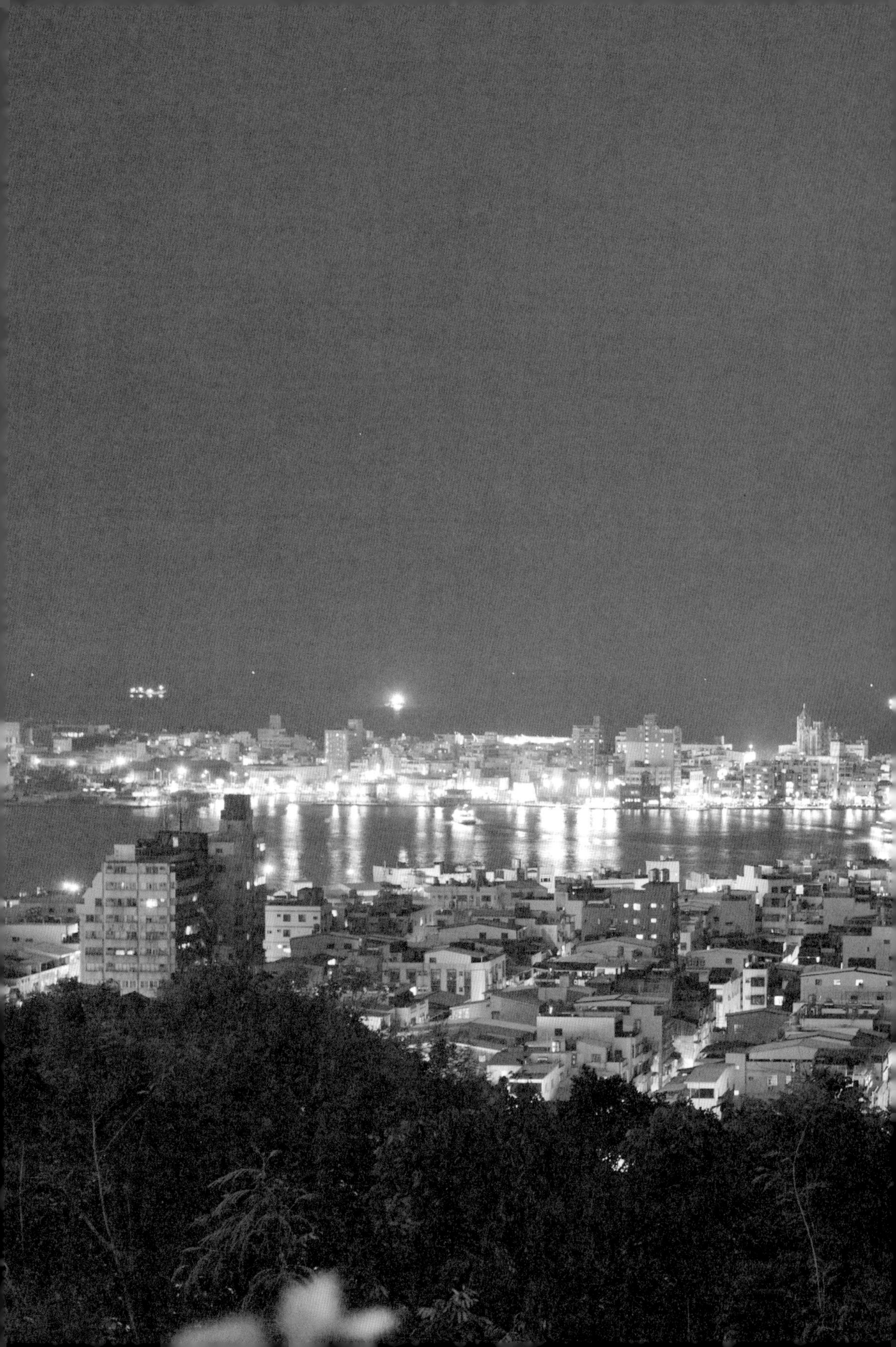

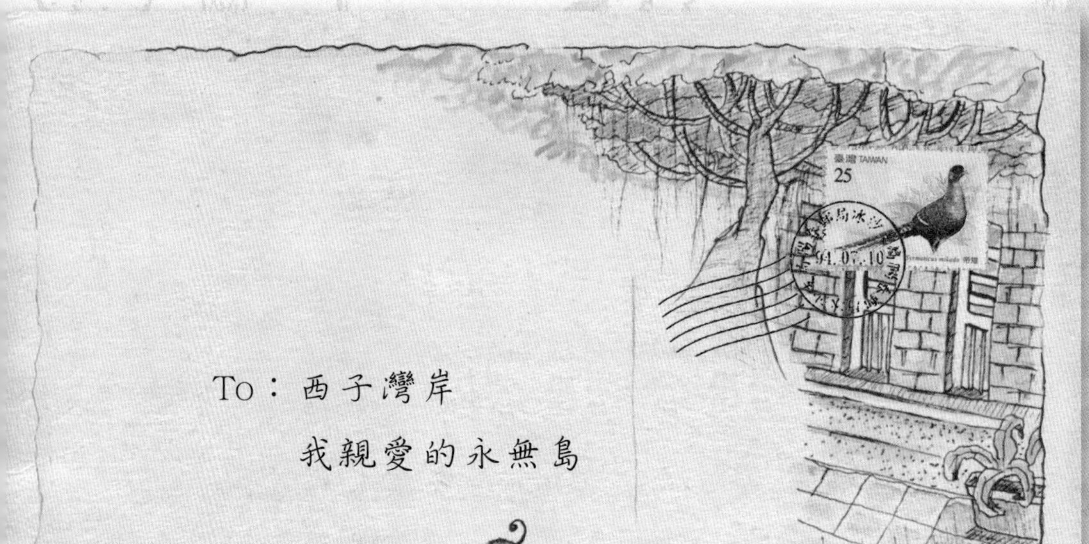
臺灣 TAIWAN
25
To：西子灣岸
我親愛的永無島

POST CARD.

親愛的永無島：

離開永無島以後，我四處去給人說故事。

不知道為什麼，我總覺得故事是世界上最美的東西，不只最美，而且會發光。

我想那大概是因為以前經常聽胖叔叔說故事的關係吧，然後，就忍不住自己也去找了好多故事書看，一看就像愛麗絲掉進兔子洞那樣，跌進故事的世界裡，再也回不來了。

愈長大，我愈相信故事的力量。

當大家都覺得這只是幼稚的玩意兒，故事就更容易深入他們沒有防備的心靈裡，告訴他們，比論文或財務報表，更重要的東西。

大人通常都很笨，他們常常忘記什麼才是重要的。而我很慶幸我有故事，說故事、聽故事，我就像在最黑暗的海上看見燈塔，找到回家的路。

故事會發光，就像小仙子灑的飛行粉那樣。

愛你們的彼得潘

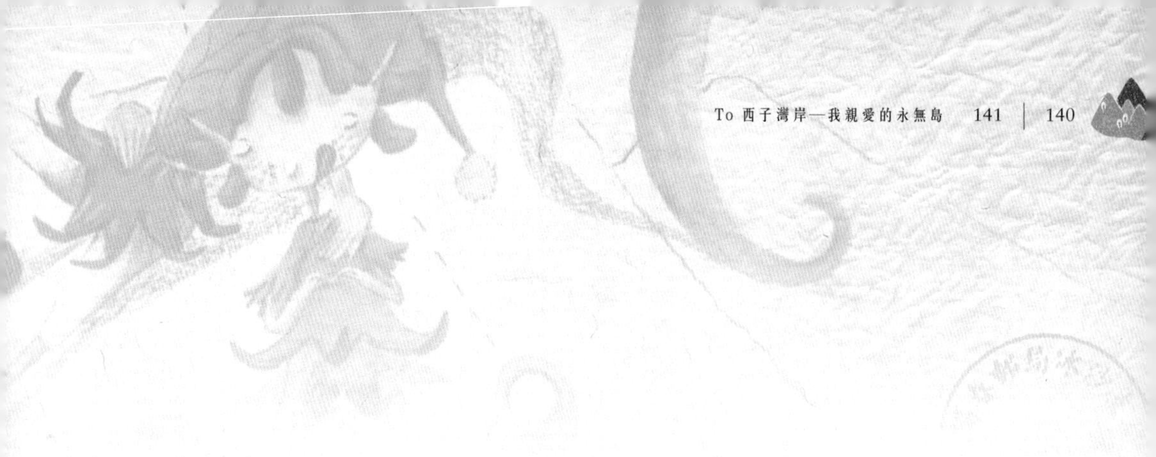

故事照亮醜小鴨

就像沒做完的功課不會在睡覺的時候自己寫完，沒洗的衣服不會趁上課時間自己跳進洗衣機那樣，問題也不可能自己憑空解決。

抹抹還是三番兩次在學校裡遇到光頭，光頭不知為什麼特別討厭她，不管旁邊有沒有那兩個死黨在，只要一見抹抹，就肯定會衝過來鬧她，要不是扯她頭髮，不然就是叫她流浪漢，抹抹每次都又羞又氣，尤其是被她自己班上男生聽到幾次以後，連班上男生都開始叫她流浪漢。

而且，雨樹哥哥也只能當一次出面幫她解圍的英雄，最糟的是，經過那次之後，光頭可是變本加厲地欺負她，還總是挑釁地叫囂著：「妳再搬救兵啊！我看林雨翔他哥哥能救妳幾次。哼！」

抹抹真的覺得，如果不要算上這個光頭和他的討厭死黨，她在這裡的新生活其實過得挺好的。最糟的是，光頭他家好像就住在育幼中心附近，所以就算是放學後甚至假日，都還是很可能在路上遇到他，根本是陰魂不散嘛。

像是現在，抹抹學校裡新認識的同學邀她週末到家裡看動畫DVD，因為那個同學就住在附近，她在同學家裡看完動畫，吃過午餐，玩了一會兒玩具，就自己走回中心了，想不到卻在經過那條都是傳統攤商的市場街時，遇見了正在幫爸爸收拾攤子的光頭。

光頭正忙著幫爸爸把成衣收回小貨車裡，沒注意到抹抹，倒是抹抹因為看見光頭，所以楞在原地，不確定是不是應該照學校老師教的，遇到熟人要打招呼。結果反倒是光頭的爸爸發現抹抹楞楞地站在路中間望著自己兒子。

「欸，阿明啊，那是不是你同學？」

「啥啦？」光頭半轉過身，發現抹抹時，臉色立刻一陣青一陣紅，像壞掉的紅綠燈似的。「你在那裡幹嘛啦！流浪漢！」

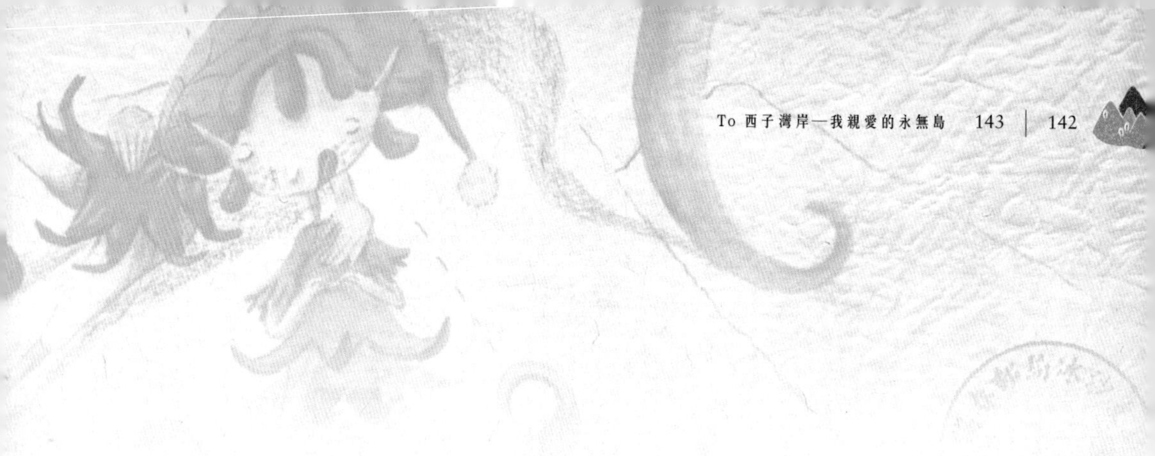

「你說什麼你！」光頭的爸爸伸手就是一掌，在光頭的光頭上狠狠巴下五指掌印。「沒禮貌，碰到朋友怎麼叫人家流浪漢？」

「她才不是我朋友！而且她本來就是流浪漢啊，你看她頭髮那麼亂就跟乞丐一樣，還住在孤兒院，根本就是沒人要的小孩，沒人要的小孩長大以後當然就是變成流浪漢嘛……啊！爸你幹嘛啦！啊！救命啊——」

光頭話說到一半，就看到他爸氣得抓起衣架衝過來扁他，他一面跑一面大叫「流浪漢妳又害我被我爸打，妳死定了妳！」

「我才沒有害你！我才不是流浪漢！我才不是乞丐！」抹抹氣得淚盈滿眶，握著拳發著抖，第一次對光頭爆發出她的憤怒。「我才不是——」

抹抹轉過身，全身發抖地邊跑邊哭，眼前熟悉的街道變得模糊，她擦著眼淚，眼淚卻好像永遠擦不完，濛濛地困住了她的視線。

討厭鬼、討厭鬼、討厭鬼討厭鬼討厭鬼！！！

頭髮這麼卷又不是她可以決定的，為什麼老是拿這種事情嘲笑她？她功課還不錯，也很愛乾淨，每天都會把作業寫完，她很乖很好，才不是流浪漢，也不是沒人要的小孩！

才不是、才不是沒人要……

「妳是個好孩子，這個我們都知道，妳也要相信自己，好嗎？」

張媽的話再度迴盪在她腦海中，她很努力要相信自己，可是，可是為什麼他們一直一直這樣說？只有她相信自己的話，那有什麼用……

抹抹好傷心好傷心地哭著，一路跑回育幼中心，大太陽曬得她的眼睛和身體一樣不停地冒汗，鬈鬈的長髮被汗水與淚水黏在脖子上和臉上，讓她狼狽不堪。

「砰」地一聲，她在門前撞上社工叔叔。

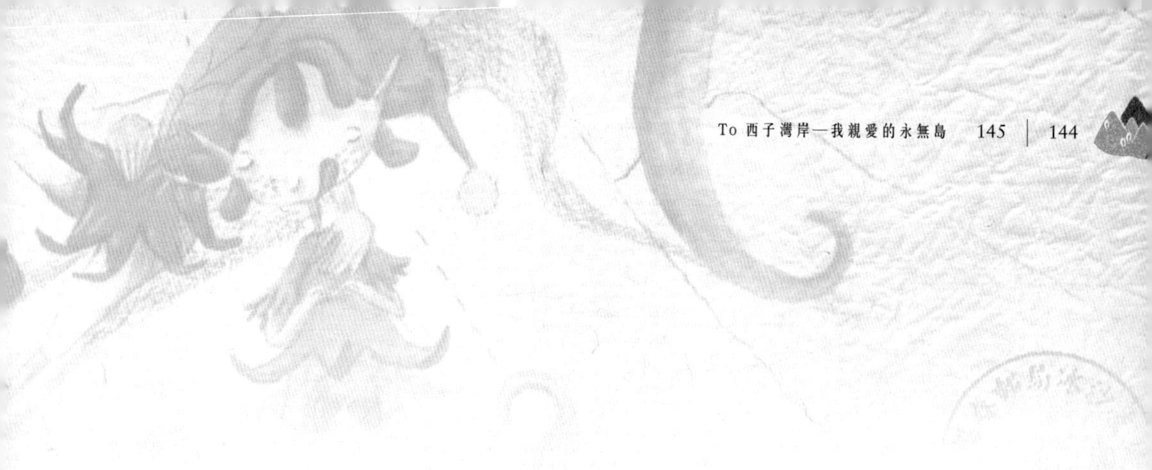

「哎唷——抹抹，妳匆匆忙忙的要幹什麼？走路要看路啊……」社工叔叔揉揉被撞疼的肚皮。「啊，對了，妳是怕趕不上胖叔叔說故事吧？傻孩子，來來來，胖叔叔剛開始說故事而已，還來得及還來得及，妳不要緊張成這樣，來來來——」

什、什麼胖叔叔說故事啊？

抹抹不想讓人發現她才剛大哭過，只好低著頭，也不敢講話地，任社工叔叔牽著她的手爬上幾階樓梯，走進紅磚建築裡的一樓。

活動中心裡平常擺的幾排桌椅被移到邊邊，中心裡的大家紛紛就地散坐在磨石子地板上，都專心地看著前方的那位——胖叔叔。

胖叔叔人如其名，是一個胖嘟嘟的和氣叔叔，他笑容溫暖，說起故事來好像連瞇得彎彎的魚尾紋都笑著似的，讓人想起可愛的彌勒佛。此刻，胖叔叔身邊擺著一張簡單裝飾過的墨綠色不織布，充當故事時間的小舞台，上頭隨著故事演進，貼上又撕下不同的角色，而在胖叔叔左手上套著的，則是今天的故事主角——醜小鴨。

活動中心裡平常擺的幾排桌椅被移到邊邊，中心裡的大家紛紛就地散坐在磨石子地板上，都專心地看著前方胖叔叔講故事。

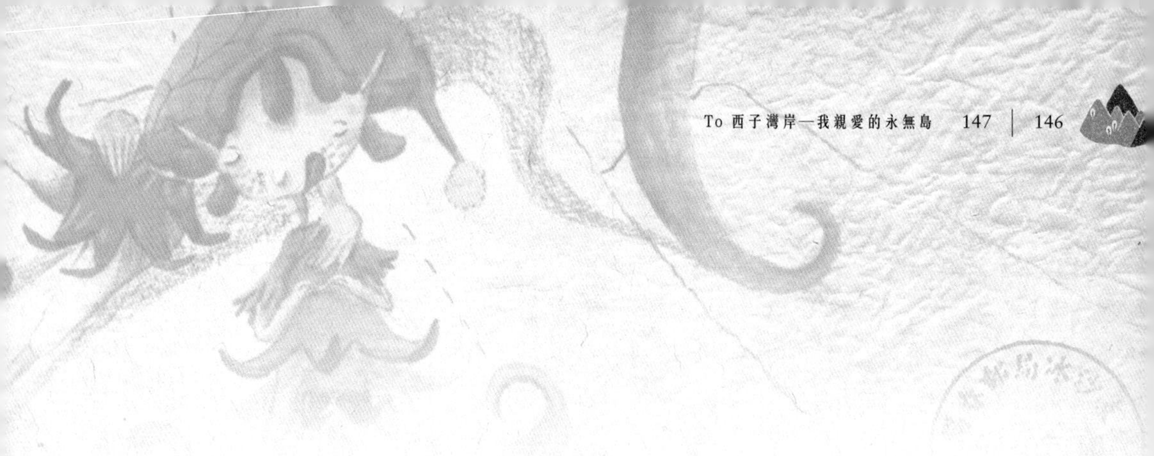

「……可憐的醜小鴨，不僅哥哥討厭牠、姊姊欺負牠，連媽媽都覺得醜小鴨這顆蛋孵得特別久、長得特別大而可憐他，野鴨和雁子都嘲笑牠，貓啊狗啊都想咬牠，就連養鴨的姑娘都覺得醜小鴨又灰又醜，不像其他小鴨黃澄澄的那麼可愛，故意給牠少一點的東西吃。」

「醜小鴨好可憐！！」就在抹抹聽著醜小鴨的故事，聽到都快掉眼淚的時候，她忽然聽見雨翔哥哥生氣地喊。「要是我就揍那些哥哥姊姊一頓！」

「不行呀，暴力不是解決偏見的辦法，就算人家打輸了，心裡難道就會覺得你變漂亮了，不再是醜小鴨了嗎？其實人家心裡想著，你這隻醜小鴨，長得醜就罷了，居然還沒水準又有暴力傾向！」胖叔叔仍然帶著溫和的笑容說。

「那怎麼辦嘛！」雨翔哥哥生氣地喊，其他孩子們也七嘴八舌地附和著要幫醜小鴨出氣。

「你們都好善良，胖叔叔很高興。」胖叔叔又笑得瞇起眼睛。「我們看看醜小鴨會怎麼做，好不好？」

醜小鴨，你會怎麼做呢？

抹抹在心裡默默地祈禱著醜小鴨能擺脫被嘲笑和受欺侮的命運，好像、好像只要醜小鴨做到了，自己也能做到似的……

「……醜小鴨看著那些美麗的天鵝，姿態非常優雅地飛走了，心裡覺得又羨慕又自卑，牠想著，連鴨子和野雁都討厭自己了，那些美麗的天鵝一定更討厭牠吧，所以牠連想都沒想過，要去那些天鵝群裡跟他們交朋友。」

胖叔叔一邊用可憐又無辜的聲音，讓手上醜小鴨的布偶呱呱呱地說話，一邊在墨綠色的布幕上，貼上展翅飛翔的天鵝。天鵝飛走了，接著是農家裡的老母雞和貓，他們都討厭醜小鴨，因為醜小鴨跟牠們不一樣。

「老母雞和貓咪都不會游泳，所以牠們嘲笑喜歡游泳的醜小鴨，但是小朋友，你們會嘲笑自己不會做的事情嗎？」胖叔叔問大家。「你們會因為班上同學的英文講得比較好、數學考得比較高分，就覺得他們跟你們不一樣，所以嘲笑他們嗎？」

「當然不會啊。」小朋友笑起來，覺得這是很笨的問題。

「那麼，不一樣有什麼不好呢？」胖叔叔假裝是醜小鴨，擺出歪著頭的姿態，還有疑惑的聲音。「鴨子會游泳、天鵝會飛、小狗會看門、母雞會生蛋……世界上有那麼多生物，每一種都不一樣啊，就算是我們人類，也每個人都有自己的特色——那麼，為什麼要討厭跟自己不一樣的人呢？」

「可是考得好跟考不好差很多耶……」

「嗯，小朋友很聰明，一下子就看出問題在哪裡。」胖叔叔笑著說。「因為大家都希望你要考得好，所以我們當然不會嘲笑考得好的同學，而會嘲笑考不好的同學，對不對？」

「可是，如果考不好的同學跑步很厲害呢，你能用考不好這件事來決定他這個人嗎？如果考不好又不會跑步的那個同學，很會編故事呢？說不定，他就是以後的安徒生——我們可以因為一個人某方面看起來表現不夠好，就覺得他整個人都不好嗎？」胖叔叔丟出問句給大家思考，大家都安靜了一下，然後又七嘴八舌嚷嚷起來。

「可是我們班那個誰，他常常生病請假，可是他功課很好！」

「還有小芳啊，她會游泳，還會教我們游泳，可是她每次煮菜都燒焦……」

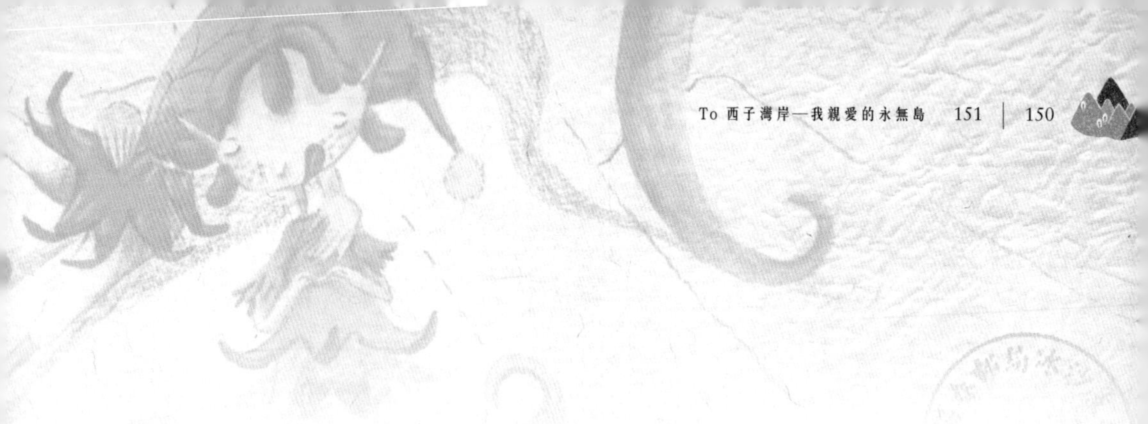

「咦——胖叔叔，你剛剛說的那個安徒生，是誰啊？」

「他是醜小鴨這個故事的作者，他很厲害，寫了很多很多好看的故事，像是國王的新衣、豌豆公主，對了，海的女兒也是他寫的，就是那個迪士尼改編成動畫電影的小美人魚。」

「哇！他好厲害！」

「超強的！他一定賺很多錢！」

「其實沒有喔，安徒生從小就很窮、身體也不好，他唯一會做也做得好的事情，就是寫故事，所以他一直寫一直寫，可是當時很多人都覺得他寫的故事是給小孩看的，沒有那麼有價值，銷量又不好，安徒生變得很窮，但是他沒有因此放棄寫故事這件事情喔。」

「蛤，好可憐！可是他的故事不是拍成電影了嗎？」

「那是他死後很久很久才發生的事情啊，在他剛開始發表童話故事的時候，每個人都覺得寫這種給小孩看的故事，很笨、很幼稚、不登大雅之堂，一直到他努力了很久以後，才漸漸受到肯定。」胖叔叔的笑容裡，好像藏著深深的無奈，又好像在那些無奈之中，有著鼓舞人心的力量。「所以，很多人都說，醜小鴨這個故事是安徒生的自傳，他覺得自己就像一隻醜小鴨，雖然在成長過程中被嘲笑、被輕視，可是他相信自己心中對於美好與愛的渴望、對創作故事的熱情，都是他養在內心裡的一隻天鵝，就算別人看不見，但他沒有放棄過這些美麗的本質。」

本來吵吵嚷嚷的活動中心裡忽然安靜了一下。

也許，大家都從安徒生與醜小鴨的故事裡看見了自己，然後忍不住想著——自己心裡的那隻天鵝，藏到哪裡去了？什麼時候才會出現？

「那麼，後來醜小鴨變成天鵝以後，那些本來嘲笑他的鴨子怎麼了呢？」

話說出口，抹抹才發現那是從自己嘴裡發出來的聲音。

「他們有跟醜小鴨道歉嗎？有誇獎醜小鴨很漂亮嗎？」

胖叔叔微笑著看著抹抹，好半晌沒說話，抹抹差點以為胖叔叔不知道這些問題的答案，因為安徒生沒有寫。

「小朋友，妳覺得這些問題，當醜小鴨變成天鵝以後，還重要嗎？」胖叔叔開口的時候，聲音很輕，但是很確實地，每一個字都打中抹抹心口。「當妳很確定自己長什麼樣子的時候，別人說妳醜或者說妳漂亮，難道會讓鏡子裡的妳變得醜一點或者更漂亮一點嗎？」

抹抹無聲地搖頭，這個動作讓她驚訝地發現自己正在流淚。

眼淚隨著搖頭的動作，嘩啦啦地紛紛墜落。

「安徒生在這個故事的最後說，**只要你從天鵝蛋裡出生，即使在鴨群中孵化也沒有關係**。」胖叔叔動動手指，他手上那隻醜得很可愛的灰色醜小鴨也跟著動動嘴巴。「如果你心裡是一個可愛聰明又善解人意的好孩子，妳穿什麼衣服、住在什麼地方，都沒有關係；就像安徒生，他相信自己心裡那個愛寫故事的靈魂是隻最美的天鵝，那麼無論他再怎麼窮困、別人再怎麼瞧不起他寫的故事，他心裡的故事都會發出光芒，照亮他，像是醜小鴨總會變成天鵝。」

故事，發光，照亮安徒生……照亮醜小鴨。

「好啦，既然今天講了醜小鴨的故事，那麼讓我們來動動身體，拉開嗓門，唱一首醜小鴨的歌吧！」胖叔叔樂呵呵地笑起來，鼓勵大家從地上站起來，跟著音樂、跟著胖叔叔的動作指導，開心地手舞足蹈。

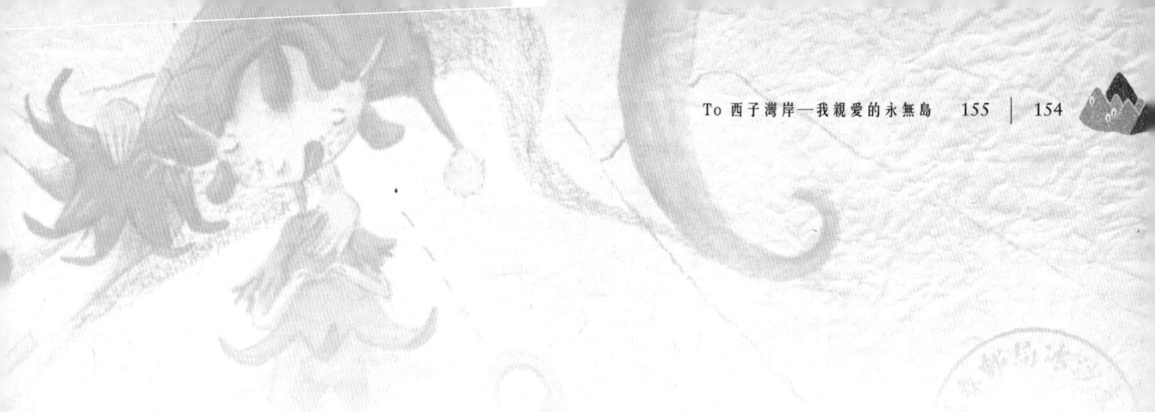

「呱、呱、呱呱呱，醜小鴨啊醜小鴨，腿兒短短腳掌大，長長脖子扁嘴巴～～」

活動中心裡，孩子們或大或小，男女不拘，全都成了一隻隻搖著屁股轉圈圈的小鴨子，呱呱呱地嚷個沒完。

就在抹抹跟著唱唱跳跳，幾乎忘了剛才自己還哭著跑回家的時候，她感覺到自己肩膀被輕輕拍了一下。

抹抹停下來，轉過身，看見社工阿姨愉悅的笑臉。「抹抹，妳的朋友來找妳。」

順著社工阿姨的視線，抹抹看見門口站著光頭和光頭的爸爸，正在跟張媽說著話，她忍不住遲疑了一下，抬起頭望著社工阿姨。

「別擔心，我們都在妳旁邊。」

社工阿姨的手輕輕放在她肩膀上，像是隔著衣服，傳送給她神奇的力量。

她想起醜小鴨的故事，深呼吸，挺起胸，和社工阿姨一起走過去。

「啊，真不好意思，我們阿明卡莽撞，不懂事啦！是我們沒有教好！」光頭的爸爸一直賠罪著，拉著光頭要他跟抹抹道歉。「也是我們大人沒有注意，回去以後啊，我跟他媽媽說這件事，才知道他媽媽平常都教他說什麼要同情孤兒院的小孩，捐東西給他們是因為他們很可憐——唉，我就跟他媽媽說，這是我們不好，什麼同情不同情，大家都是差不多的，說什麼同情，實在是——」

「哎，別這麼說，你這樣想已經很難得了。」張媽微笑低頭，看著倔強的男孩光頭上反射出午後陽光。「我啊，小時候也會跑到育幼中心來亂啊。」

「咦？」尷尬的抹抹和倔強的光頭，同時咦了好大一聲，轉過頭來看著張媽。

「那時我就住在育幼中心斜對面啊，然後我媽媽就在育幼中心工作，我一個人在家沒事，就會跑到這邊來按電鈴，然後趕快跑回我家去，哈哈哈——」張媽懷念地回想著當年孩提時期的趣事。「後來，我也進來育幼中心工作，那時候面試我的主任啊，一看到我就說，欸？妳不是那個一天到晚來亂按電鈴的丫頭嗎？哈哈哈哈，我還很好膽地跟他說，對啊我就是。」

「哈哈哈哈——」眾人都忍不住笑了起來。笑得很大聲的抹抹不小心視線對到同樣笑得很大聲的光頭，兩個人都有點尷尬，可是還是笑得停不下來。

「那時候啊，也沒人跟我們說育幼中心的小孩是為什麼住在育幼中心，也沒有人跟我們說什麼他們很可憐要同情他們，就是念同一間小學啊，在同一條街上玩啊，捉迷藏輸了都要當鬼，考試考不好都要被打，哈哈，有什麼不一樣的？我們那時實在都沒有什麼誰可憐誰不可憐的觀念，就是一起玩一起打架一起被大人罵的玩伴嘛。」張媽微微笑了起來。「有趣的是，長得愈來愈大，社會愈來愈進步以後，大家好像要表示自己比較有善心比較有教養，結果就開始分起誰可憐誰不可憐了，就變成誰要布施誰，誰要同情誰了。這本來也是好的，只是不知道為什麼，就變成有的人故意利用這些同情心騙錢，而我們家這些孩子，反而因為這種觀念，被當做比較下等的人……」

「當然不是，當然不是！」光頭的爸爸急道。「我老婆也不是歹意，只是大家都這樣教小孩，沒有想太多，就這樣跟著教，也想不到害了這些孩子，真歹勢！」

「別誤會啦，我也不是在罵你們，是說這些觀念已經太普遍，如果我不是在這裡工作，說不定也會一時不小心就這樣教小孩。」張媽哈哈一笑，拍拍光頭的光頭。「其實啊，這年紀的小孩，誰想要跟別人不一樣呢？我們用自己的立場想想，就會了解了啦……」

張媽話才說完，抹抹旁邊就迸出另一個聲音。

「欸？你跑到我們家幹嘛？胖叔叔已經回去了，你太晚來了吧？」雨翔奇怪地望著光頭，光頭還來不及問他什麼胖叔叔，雨翔已經轉頭，把手上的醜小鴨手指偶交給抹抹。「吶，這是胖叔叔說要給妳的。」

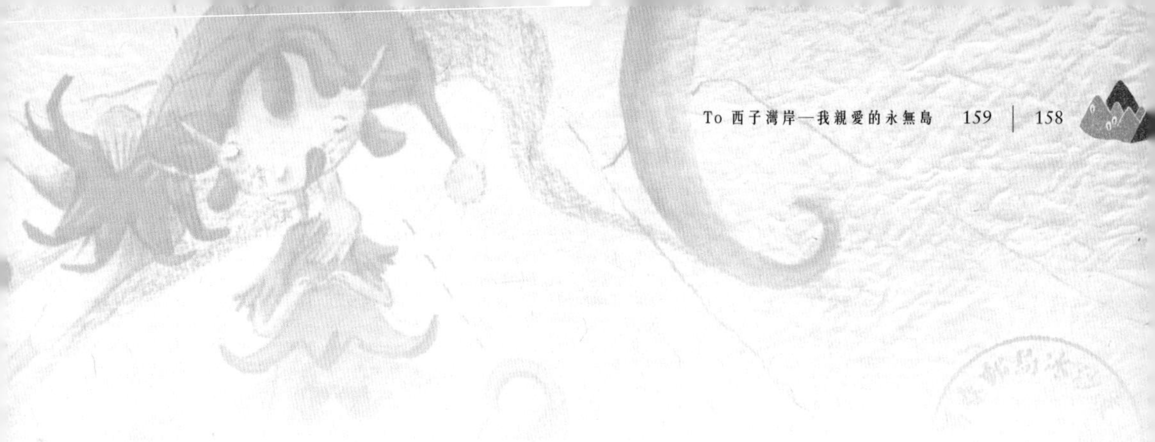

「咦？給我的？」抹抹傻楞楞地接過剛剛還在胖叔叔手上表演得活靈活現的醜小鴨，忍不住抬起頭來，四處搜尋胖叔叔的蹤影，卻怎麼也找不著他。

「他已經回去啦，你們一直講話，所以胖叔叔就叫我把這個送妳。」

「可是、可是他怎麼會知道我是誰？」

雨翔聳聳肩。「他不知道啊，他就跟我說，請我把這隻醜小鴨，幫他送給那個很像妙麗的小女生。」

「什麼、什麼妙麗？」

「哈利波特裡的那個妙麗啊，頭髮爆爆的，很聰明又很可愛的那個女生啊。」雨翔表情理所當然得很。「啊那個不就是妳嗎？」

沒看過哈利波特的抹抹還摸不著頭緒，旁邊的人已經一起笑了起來。

「哎呀，這麼說來，我們家抹抹還真的很像妙麗哪。」社工阿姨笑得前俯後仰，忍不住伸手揉揉抹抹的頭髮。

「啊哈哈哈哈，妙麗！哈哈哈哈，妳像妙麗！」光頭本來也楞了半晌，想清楚以後忍不住噗哈哈哈哈地大笑出聲，也不管老爸還在旁邊，伸手就指著抹抹大笑。「笨妙麗、呆妙麗、妙麗妙麗臭屁屁！哈哈哈哈……噢！」

光頭的光頭，被老爸屈起的指節狠狠爆了一記。「妙麗有哪裡好笑的？」

抹抹莫名其妙地抬起頭，看到光頭老爸雖然罵著自己兒子，但嘴角也噙著笑意，就連光頭，他不知道是笑出眼淚還是被打到爆出淚光的眼裡，好像也笑咪咪的。

抹抹不知道妙麗是誰，但在不久以後，當她終於知道哈利波特裡的妙麗是個就算爆炸頭也仍然漂亮聰明的女生，而光頭還是見到她就笑她是笨蛋妙麗，抹抹終於明白，光頭的那些嘲笑，其實一點都不是嘲笑。

那只是一個不知道怎麼表達友善的男生，所能想出可以和抹抹說話的笨方法而已。

而在那笨方法之後，她該注意到的並不是嘲笑，而是隱藏在背後，想要和抹抹當朋友的那點笨拙的友誼。

聰明的妙麗，終於理解了老是叫她笨蛋，但其實自己骨子裡才是笨蛋的光頭。

指頭上套著胖叔叔送她的醜小鴨手指偶，抹抹感覺到，自己心裡正逐漸長出一隻發著光的天鵝。

我想我永遠沒辦法回答，住在永無島上比較幸福，還是住在一般人家比較快樂—— 這是理所當然的，因為我們永遠不會知道，我們沒有走過的另外一條路，有著什麼樣的風景。

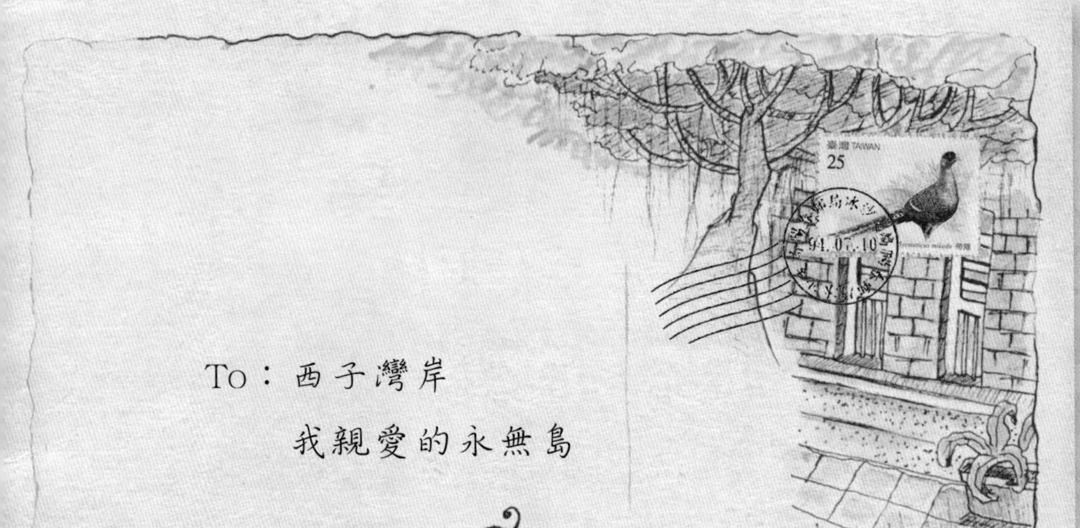

To：西子灣岸
我親愛的永無島

POST CARD.

親愛的永無島：

我想我永遠沒辦法回答，住在永無島上比較幸福，還是住在一般人家比較快樂——這是理所當然的，因為我們永遠不會知道，我們沒有走過的另外一條路，有著什麼樣的風景。

我不覺得可以單純用是不是住在育幼院來判斷一個人幸福與否。至少就我所知，大部分在永無島上的夥伴們，雖然偶爾寂寞孤單，卻也擁有許多從小一起長大的好夥伴；相反的，好多不住在育幼院的朋友，他們的童年不見得比較快樂。

幸福與快樂，好像不是這樣簡單衡量的。

而離開永無島這麼久、這麼遠的此時此地，我知道，在永無島上的那段歲月，是我將來尋找自己的幸福快樂時，最重要的勇氣來源。

謝謝你，親愛的、親愛的永無島。

愛你們的彼得潘

燕子燕子飛叨位

抹抹剛醒過來的時候，還不太能適應房裡的光線，過了好一陣子，她才能看清楚，窗外透進房裡的晶瑩月光把鄰床女孩坐起身的模樣剪成一片鑲著銀邊的精緻剪影。

抹抹揉揉眼睛。「雨燕姊姊……」

剪影移動了一下，長相慢慢清晰起來。「咦？吵醒妳啦？對不起啊抹抹。」

「雨燕姊姊……」抹抹眨眨眼，看清楚雨燕正把東西收進一個小包裡。「妳、妳在做什麼？」

「噢，我要跟朋友去夜唱啦，妳不要跟教保老師說喔，我天亮以前就會回來了。」

「可、可是……」雨燕姊姊理所當然的樣子讓她有點遲疑。「他們不知道妳要出門啊？」

「怎麼可能讓他們知道？他們知道的話才不會讓我去咧。」雨燕悄聲說。「可是朋友每次約我都不去的話，他們以後就不會約我了啦，這次真的不去不行，但是我天亮前就會趕快回來了，別擔心。」

「可、可是……」

「噓，妳乖乖睡覺，醒過來的時候我也在妳旁邊睡覺了，沒事啦！乖。」雨燕的剪影背起一個小包包，輕輕拍了拍抹抹的頭，幫她拉上被子，動作溫柔熟悉，還是她的那個雨燕姊姊。

本來心裡還有點不安的抹抹，在雨燕姊姊的輕輕拍撫下，乖巧地閉上眼睛。

然後，然後雨燕姊姊就走了。

抹抹「下一次」醒過來的時候，房裡是亮的。

太陽還沒升起，亮起來的是臥室裡的燈，包括抹抹在內的幾個女孩都揉著眼睛醒來，有幾個還低聲抱怨著。

「都還沒天亮……」女孩們一邊打呵欠一邊咕噥著。「三更半夜的要幹嘛啦——」

站在電燈開關旁的教保老師還穿著睡衣，她緊張地環視一圈這間六人房，一句話也沒說，神色慌亂地望向旁邊的社工阿姨，後者拍拍教保老師的肩膀，示意她關上燈，到外頭再說。

燈關上了，搞不清楚狀況的女孩們重新閉上眼，仍然一邊咕噥著一邊再度沈入夢鄉。

但對於一個晚上被吵醒兩次的抹抹來說，事情並不如其他女孩所想的單純，尤其她注意到第二次被吵醒時，她旁邊的床還是空著的，而這兩次被吵醒顯然有很密切的關係。

她悄悄爬下床，踮著腳尖走到房門邊，盡可能小聲地打開門，小心走到靠近小客廳的走道盡頭。

「……到處都找不到，連男生那棟也找過了，沒有就是沒有——好好的怎麼會就這麼不見了呢？」

「妳別急，想一下還有哪些可能性——會是綁架嗎？我們中心不太可能有人闖進來把她帶走吧？」社工阿姨的聲音也有點緊張。「會是誘拐集團嗎？我前兩天剛看了一本小說，就是在講一個地下組織把育幼院的小孩抓去注射奇怪的變異素，讓他們變成變種人……」

「妳冷靜一點！」換教保老師皺著眉搖晃社工阿姨的肩膀。「平常都在看什麼小說啊妳？現在不是胡思亂想的時候！」

育幼院裏可愛溫馨的寢室。

「對對對，是我想太多了。」社工阿姨焦躁地在桌上達達達點著手指。「可是雨燕平常也算乖巧，不太像是自己離家出走的那種女孩子，這讓人很難不想到糟糕的地方去啊——不行，我看我們還是請派出所幫忙……」

「還沒廿四小時，派出所不會……」

教保老師的話還沒說完，社工阿姨已經跳了起來，離開小客廳，往樓梯口走去。抹抹來不及躲回房間，就被社工阿姨碰個正著。

「抹抹？」社工阿姨疑惑地看著她。「妳怎麼不睡覺站在這裡？」

「抹抹？」聞聲而來的教保老師也驚訝地望著抹抹。「妳——妳是不是知道雨燕去哪裡了？」

抹抹驚慌地瞪大眼睛，呆呆望著教保老師和社工阿姨。

「對耶，抹抹妳就睡在雨燕旁邊，妳知道雨燕去哪裡了嗎？還是妳知道她什麼時候不見的？有沒有發生什麼怪事？比如說，有人從窗戶爬進來？還是四周出現什麼幻影催眠了雨燕……」

「妳別胡說了妳！」教保老師急得推開社工阿姨，蹲在抹抹身前。「抹抹，妳有什麼要告訴老師的嗎？」

妳不要跟教保老師說喔，我天亮以前就會回來了。

抹抹腦中響起雨燕低聲的叮嚀。

雨燕姊姊天亮前就會回來，不會有事的。她在心裡告訴自己。再撐一下下就好了，不能告訴老師。雨燕姊姊等一下就回來了。

她對教保老師搖搖頭。

教保老師垂下肩膀，很沮喪的用雙手蓋住臉龐。「怎麼辦？怎麼會這樣呢——」

「別緊張，我們先下樓去看看張媽他們來了沒，人多比較好商量，妳別擔心……」社工阿姨挽著教保老師的手，輕聲安慰著她，一起下樓去了，臨走還轉過頭來叮嚀她。「抹抹，趕快去睡覺吧，沒事的，雨燕姊姊很快就會回來了。」

是真的啊，雨燕姊姊說，她很快就會回來了。

抹抹想說，卻不敢說。她怕老師們會問她，她怕自己不小心洩漏了雨燕姊姊的祕密。

她緊緊閉著嘴巴，望著教保老師和社工阿姨的身影消失在樓梯轉角，轉頭望著走道另一端的臥室房門，長長嘆了一口氣。

怎麼、可能、睡得著嘛！

等到抹抹在床上翻來覆去好一陣子還是睡不著，終於決定偷偷溜下床，到樓下去看看情況的時候，正巧看見雨樹哥哥急匆匆地從門口走進來。

育幼院裏可愛溫馨的寢室。

燈火通明的一樓，已經坐上好幾個人，每個人的表情都好嚴肅。

「我妹呢？！」雨樹一進中心就喊著。「怎麼會不見的？」

「你小聲點，你弟弟還在樓上睡覺，不要吵醒他們了。」抹抹聽見社工叔叔說。「張媽他們已經出去找她了，我們通知你是想問問看，你知不知道雨燕可能去哪裡，還是認識她的朋友……」

「我不認識她的朋友啊，我——」雨樹停下來，彷彿想起了什麼，三次心跳的時間過後，他瞪大眼睛。「那些王八蛋！」

他跳起來就要往外衝，而社工叔叔的動作比他快一步，大手一伸就將他壓到椅子上坐下。「你想到什麼可以先跟我們說嗎？不要這麼莽撞行不行？」

「那天跟我回來，本來要跟我借錢的朋友！」

「你為什麼覺得是他們？他們最近跟你有來往嗎？你們有為錢的事

情吵架？」

「沒有……我最近多打了一份工，沒什麼時間跟他們出去玩，可是——可是他們有說過雨燕很漂亮，想約她出去玩。」雨樹握緊拳頭。

「可能是他們帶走雨燕的！」

「教保老師說雨燕就寢時間都還在房裡，你的朋友再厲害，也不太可能在沒有人發現的狀況下闖進來硬是帶走她。」社工叔叔拍拍雨樹的拳頭。「除非雨燕自己想要半夜跟他們出去玩——可是雨燕不喜歡他們，你那天自己也看到了，不是嗎？」

雨樹的拳頭鬆開，但眉間仍然深鎖。「可是……她會去哪裡？」

抹抹看見社工叔叔和雨樹哥哥的憂慮眼神互望，卻都說不出一句話。

「妳知道雨燕去哪裡了，對吧？」

榕榕的聲音從抹抹身後冒出來，嚇了她好大一跳。

「榕榕……」她心虛地低下頭。

「妳知道大家有多緊張嗎？他們找遍了兩棟樓又要小心不要吵醒其他孩子，每個人都著急得不得了！」榕榕的語氣少見地嚴厲。「妳就這樣眼睜睜看著他們無頭蒼蠅似的亂找嗎？」

「可是、可是雨燕姊姊說她天亮前就會回來了……」抹抹都快哭了。「她叫我不能說的，雨燕姊姊對我這麼好，我不能害她被罵——」

「那妳忍心這些也對妳很好的教保老師、社工叔叔阿姨，還有雨樹……這樣為了妳隱瞞的事情擔心嗎？」榕榕嚴肅地看著她。「我不覺得雨燕是壞孩子，也不認為妳是，妳把這件事告訴大人，也不會讓你們變成壞孩子，妳只是做應該做的事情而已。」

「雨燕姊姊她……」

「雨燕不會希望妳因為她的一句話，害大人擔心整個晚上的。」

抹抹咬住嘴唇，感覺自己肋骨下的心跳跳得好快好亂——什麼才是對的呢？

她不知道，這個問題，是即使大人都經常困惑的，而在往後的人生裡，這個問題會不斷不斷，用各種形式出現在她的人生裡，考驗她。

「抹抹？」

抹抹還在掙扎呢，轉過頭便看見剛從外頭回來的張媽和社工阿姨、教保老師一起站在她身後。「怎麼沒在妳房裡睡覺？偷偷跑出來，是睡不著嗎？」

「我——」抹抹遲疑地，飛快望了一眼榕榕，又轉頭看著不久前她才剛為雨燕撒謊的教保老師和社工阿姨，更加說不出口了。

「我知道了，妳一定是擔心雨燕姊姊，睡不著對不對？」社工阿姨憐愛地拍拍她的頭。「怎麼就穿著睡衣站在外頭呢？雖然是夏天，晚上也夠冷的了，妳先進活動中心來吧，既然睡不著，那陪我們想想辦法也好。」

「這樣好嗎？小孩子晚上不睡覺，怎麼長得好？」張媽皺眉。

「一個晚上而已嘛！而且啊，張媽，帶著憂慮和煩惱睡覺，可是會長歪的喔——」社工阿姨微笑著，牽起抹抹的手走進活動中心。

「是啦是啦，我看妳就是這樣長歪的！」

張媽瞋了社工阿姨一眼，和教保老師一起走進中心，迎上社工叔叔和雨樹哥哥焦慮詢問的眼神。

「張媽……」

其實也不需要多問，看見走進來的人裡頭並沒有雨燕，也就夠回答他們的疑問了。

「我們去了附近的夜店問了一圈，都沒看到雨燕，還開著的宵夜攤和便利商店也都去看過了，都沒看到。」教保老師抱歉地看著雨樹沮喪的表情。「對不起，雨樹，我沒好好照顧你妹妹……」

「廿四小時未免也太久了，我們先報警好了。」社工叔叔拍拍雨樹的肩膀，想給他打打氣。「至少可以備個案，警局那裡有什麼消息也可以先通知我們——」

聽到要上警察局，抹抹嚇得睜大眼睛，配上一頭睡得比平常還亂的蓬髮，更像妙麗了。

「等、等等！」抹抹碰一聲拍了桌子，赫然站了起來。「不、不要報警啦！」

沒有人說話，每個人都亮著眼睛盯著她。

包括才剛飛進來的榕榕和不知道什麼時候也被叫過來的阿仁。

「我……我有被雨燕姊姊吵醒，她，她有說她要跟朋友去野場，天亮前就會回來了……」對著大家的眼神，抹抹忍不住低下頭。「我、我不知道那是什麼地方，可是，可是雨燕姊姊說她天亮前就會回來，所以、所以……」

「抹抹，妳剛剛對老師說謊嗎？」教保老師難過地看著她。「妳怎麼會、怎麼會跟老師說謊呢？」

「對不起，我、我只是不想害雨燕姊姊被處罰……」抹抹低下頭，聽見飛到她身旁的榕榕和阿仁輕聲為她打氣。「沒關係，最後妳還是做對決定了，很棒喔！」

希望、希望真的做對了……

「野場？野場？野場是什麼東西？」社工叔叔皺著眉頭想。「那是什麼飆車場的意思嗎？」

「老師，我想雨燕說的應該是夜唱。」雨樹看了看這些「大人們」仍然露出疑惑的表情，只好再解釋一次。「就是呢，呃，熬夜唱歌的意思，她應該是跟朋友去ＫＴＶ了。」

「噢～～」大家異口同聲發出「原來如此」的感嘆，社工阿姨連忙表示自己還年輕、還懂得年輕人的語言。「我知道我知道，我知道那是什麼意思，我只是一時忘了，我真的知道——」

「不過，話說回來，雨燕說天亮前要回家，這時也快天亮了吧？」知道了雨燕的下落，張媽終於放鬆了緊繃的肩背，忍不住伸手搥搥自己的後腰。

「是啊，不過我還是去打幾個電話，問問雨燕的同學，不知道他們跑哪裡去唱歌了，這時間回來也不安全，我們去接她還放心些。」教保老師也鬆了口氣，連忙跑出活動中心，奔回新大樓去查看電話簿。

「那我們在這裡等等吧，說不定待會兒她就回來了。」社工阿姨笑了起來，走到中心的入口門廊前，面對馬路的階梯邊，席地坐下。

「真是嚇壞我們這些老骨頭了。」社工叔叔也陪著張媽坐到社工阿姨旁邊，招手喚了雨樹過來坐在自己身旁。「來吧，一起等你妹妹，待會兒罵她的工作就交給你了。」

「她哪會聽我的話，你們的話她才聽得進去吧。」雨樹嘴上埋怨著，但終於稍微放鬆的心情，讓他也乖乖地坐到社工叔叔旁邊。「這傢伙，回來我一定賞她連續五個大外割。」

「欸，我們當初讓你去武德殿學武術，可不是要你這樣用的啊，再亂說話，小心我就廢了你武功。」社工阿姨俏皮地眨眨眼，在自己和張媽之間讓了個位置給抹抹。「也把妳嚇壞了吧？來這裡坐一下，我們一起享受黎明前的寧靜吧。」

抹抹還有點心虛，但仍然乖乖坐到社工阿姨和張媽之間，同時榕榕和阿仁也老實不客氣地在她兩邊肩頭坐了下來。

「對了，張媽，妳剛剛說妳跑了附近很多夜店，妳怎麼會知道附近哪裡有夜店的啊？」等著雨燕的空檔，雨樹忍不住好奇地問。

「哈哈，不只知道，我跟那些夜店老闆還很熟呢。」張媽朗朗地笑起來，那略帶沙啞的笑聲，在即將破曉的仲夏夜空曠街道裡，顯得特別嘹亮。

「你還記得，以前你們小時候，只有現在這棟三層樓的紅磚建築嗎？」見雨樹點點頭，社工阿姨接著說。「那時我們好不容易有點錢，買了隔壁的一塊地，接著想要在那裡蓋一棟房子，讓你們有比較寬敞舒服的生活空間，可是，錢都買地用光了，根本沒有錢蓋房子啊。」

「不過還好，我們這些待社福機構的，最厲害的就是募款了。」社工叔叔苦笑一下。「只是有一段時間遇到了金融海嘯，大家日子都不好過，募款的進度也非常慢，我們花了好幾年的時間，才募到足夠的款項。」

「在那段期間呢，我們交了不少夜店的好朋友呢。」社工阿姨笑了起來，張媽哈哈一笑，拍了拍社工阿姨的手背。

「什麼？你們拿募來的錢去夜店玩啊？」

「哈哈，你這主意倒挺好，早知道你們這些小鬼長大後還是這麼不聽話，我們不如把那些錢拿去喝酒跳舞算了……」社工叔叔笑起來，換來張媽的另一個白眼。

「連你也這樣說話，我看這些小孩沒大沒小又不聽話，最該怪的就是你們啦。」

「哈哈，應該說他們的活潑可愛，是遺傳我們啦！」社工阿姨親暱地摟了摟抹抹。「他們就是我們的孩子，遺傳我們也是應該的嘛。」

「唉，你們別聽他們亂說，是因為中山大學這裡很多外國人，所以夜店也比較多，後來有人建議我們去拜訪一下夜店，說不定會有意外收穫，所以我們就去了夜店募款啦。」

「募款？夜店？」雨樹哥哥不敢相信地大叫。「那個……一般人會去夜店募款嗎？」

此話一出，張媽和社工阿姨、社工叔叔一起大笑了起來。

「有什麼辦法？為了給你們更好的生活環境，如果說柴山上的猴子有錢，我們大概也會組隊上山去跟猴子募款吧。」張媽笑起來，眼尾的紋路刻著深深的笑意，一直到此刻，雨樹才看出那個他從小看到大、熟悉到懶得多看一眼的笑容上，竟然有著他從來沒有察覺過的溫暖。

在這個小小的育幼中心裡住了那麼多年，他從來不知道，張媽他們為了讓他們快樂地長大，花了多少心力、做了多少犧牲——雨樹的眼睛漸漸蒙上一層水光，可惡，一定是黎明前的海風，讓岸邊起了霧。

「不過啊，夜店裡的老闆和顧客都出乎意料的熱情耶，我們很多款項都是從夜店募來的，哈哈，有一次颱風天，大家冒著狂風暴雨，溼淋淋的走進夜店的時候，還被夜店裡的客人鼓掌歡迎，哈哈哈，笑死我了……」榕榕顯然相當喜歡那段回憶。「其實也不只是夜店，抹抹住的這棟新大樓，真的可以說是完全靠大家的愛心蓋起來的，一磚一瓦，

育幼院裡有許多可愛玩偶的客廳。

抹抹住的這棟新大樓，真的可以說是完全靠大家的愛心蓋起來的，一磚一瓦，一桌一椅，都是這世界上某一個人的善意。

一桌一椅，都是這世界上某一個人的善意——就因為有這樣豐沛的善意，才讓新大樓剛落成沒幾年，就迸出了阿仁這個精靈，嗯，雖然說這個精靈有點笨啦。」

「榕榕姐姐！！」阿仁大叫著，振起翅膀追著嘻嘻笑著也振起翅膀飛走的榕榕。

抹抹微笑著，不知不覺地歪著頭，倒在社工阿姨溫暖的懷裡，望著顏色慢慢轉變的天空，慢慢地、慢慢地閉上眼睛。

天就快亮了，雨燕姐姐，也快回來了吧——

站在育幼中心大門前的，不只雨燕一個人。

「雨燕，妳——楊太太，妳怎麼也來了？」迎上前的社工叔叔，看見雨燕身旁的中年婦人，有點兒搞不清楚眼前的情況。

被稱作楊太太的那位婦人，攬著雨燕的肩膀，微笑著對張媽點點頭。

「楊阿姨？」跟著去幫忙開門的雨樹也楞住了。「雨燕，妳不是去夜唱了嗎？怎麼楊阿姨會跟妳一起回來？」

「哥！你怎麼也跑來了？」

「還敢說我？妳自己不想想為什麼三更半夜我會在這裡……」

「我、我……」

雨燕還囁嚅著，新大樓裡就奔出另一個身影。

「糟糕了，我剛剛打給雨燕的同學，他們說他們早就唱完回家了，可是雨燕……咦？雨燕，妳……」教保老師看清楚門前這群人裡就站著她擔心得要命的雨燕，忍不住鬆了口氣。「妳回來了！」

「老師……」

教保老師伸出手，毫不遲疑地把雨燕攬進懷裡，另一隻手還忍不住在雨燕屁股上打了幾記。「妳這傢伙！嚇死我們了妳知不知道！一開始不讓妳半夜去唱歌就是擔心妳的安全啊，怎麼可以這樣偷偷跑出去！」

「好啦，對不起啦！」雨燕伸手抱住教保老師，語氣裡也有一些哽咽。「人家很早就唱完了，回來以後看到一樓燈都亮著，大家都在等我，我被嚇死了，不敢回家……就跑去打電話找楊阿姨了。」

「妳、妳、妳唱完了不回家，還打電話找義親來幹嘛啦！」教保老師又哭又笑的，連忙對著楊太太道謝。「謝謝妳，真是麻煩妳了！我們家這傻孩子……」

「沒關係，她也是我家的傻孩子。」楊太太微笑著拍拍雨燕的頭。「這孩子啊，不敢回家就打給我，我趕快開車過來，在西子灣旁邊跟她開導了好久，她才敢回家。」

「謝謝妳，楊阿姨。」雨樹瞪了妹妹一眼。「連我都在這裡等了一整晚，這丫頭闖的禍這麼大，我們一定會好好教訓她！」

「至少禁足一個月！」教保老師敲了雨燕的頭一記。

「再來五個大外割！」雨樹裝出凶惡的樣子瞪了雨燕一眼。

「別嚇你妹妹了……」楊阿姨對雨樹展開一個笑容。「想不到這次也能看到你，真是太好了，自從你離院以後，阿姨就好久沒看到你了。」

雨樹靦腆地笑了笑，對楊阿姨揮揮手說再見後，跟著教保老師把雨燕「押」回新大樓去。

「這次真多虧妳了，謝謝妳把雨燕帶回來。」張媽站在楊太太身邊，一起看著雨樹和雨燕轉進新大樓去的背影。

「別這麼說——」楊太太的笑容有點苦澀。「你們知道的，他們是我哥哥的孩子，我沒有能力把他們接到我家裡撫養，也只能這樣盡一點點力量了。」

「他們還不知道妳是他們的姑姑吧？」

楊太太搖搖頭，笑容非常複雜。「剛剛和雨燕在西子灣邊談話的時候，我差一點、差一點點就說出口了，可是我知道他們一定很難接受，畢竟這麼多年來，他們心裡的我都只是楊阿姨，只是他們的義親……而且，我也還不知道他們的爸爸究竟在哪裡，也許等有一天，我找到他們的爸爸了，就可以跟他們坦白，我是他們的姑姑——」

「辛苦妳了。」社工叔叔輕聲說。「妳這樣默默守護他們，等到那天，他們會明白的。」

「嗯，希望那天趕快來臨。」楊太太低聲嘆了口氣。「對了，我剛剛有跟雨燕說，想邀請他們三個下週的中秋節來我們家烤肉，如果她被禁足了，不知道能不能破例？」

「這個我們要再討論看看，還是以教保老師的決定為主。」

「好，我知道了。」楊太太點點頭，微微彎身向社工叔叔和張媽鞠躬。

「謝謝你們照顧孩子，那麼我先回去了。」

「別這麼客氣，我們應該做的。」

楊太太開車離去後，社工叔叔和張媽仍然站在大門外，靜靜望著開始被天光染亮的柴山。

不知是這個晚上太疲於奔波，還是這黎明前的天色太美。

「天慢慢亮了哪。」

「是啊，我們回去吧。」

他們轉身，走回那幢古老的、從許久許久前便守護著孩子們的溫柔紅磚屋，此刻，染亮柴山的天光，也漸漸地暖了紅磚的顏色。

張媽與社工叔叔並肩拾級而上，而台階的盡頭，抹抹還枕在社工阿姨的腿上，沈沈地睡著。而一紅一綠兩隻小小精靈，也窩在抹抹蓬鬆的髮間，隨著抹抹規律的呼吸起伏睡著了。

陽春郵局冰沙支局
94.07.10

社工叔叔忍不住笑了，對社工阿姨做了一個手勢，示意她讓自己將抹抹抱回她自己的床上去睡覺。

社工阿姨點點頭，隨即又輕聲問：「那這兩隻小精靈呢？放回樹上，還是讓他們跟著抹抹一起回去啊？」

張媽笑了起來。

「讓他們跟抹抹一起回去睡覺吧，放回樹上，他們就會發現，原來我們一直都知道他們的存在——」張媽難得俏皮地眨眨眼。「那可就不好玩了。」

社工叔叔和社工阿姨都輕聲笑了起來，笑聲與漸亮的天色一樣溫柔地，灑在抹抹、榕榕和阿仁身上。

就在西子灣岸與柴山山麓，這塊小小的夢想之土上，永無島嶄新的一天，正要開始。

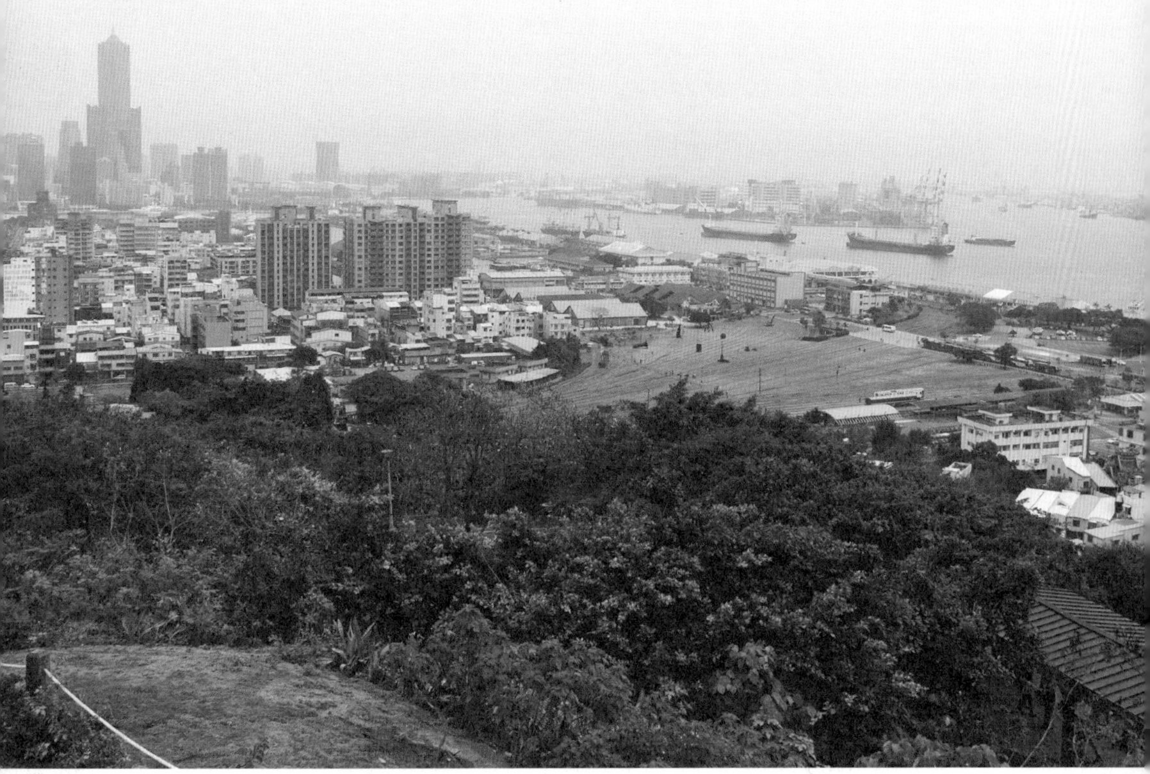

就在西子灣岸與柴山山麓，這塊小小的夢想之土上，永無島嶄新的一天，正要開始。

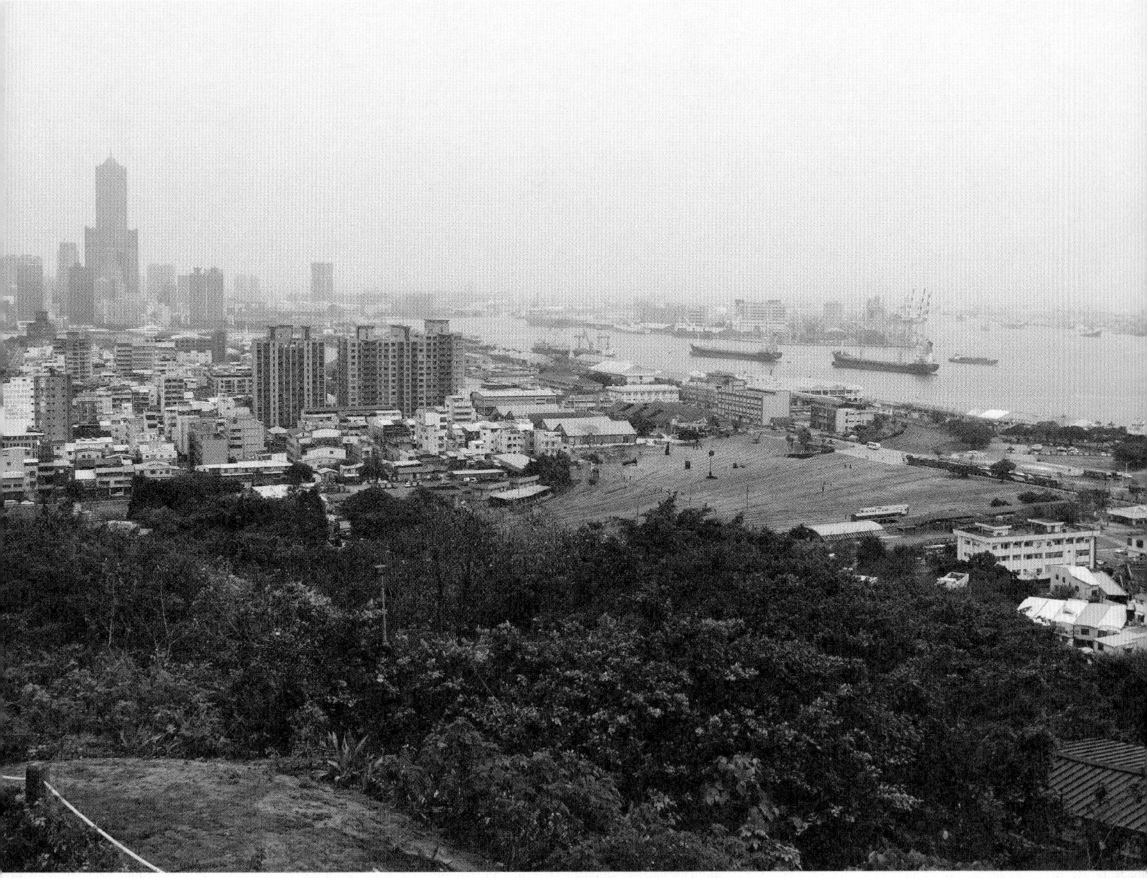

後記——魔鏡魔鏡

身為一個輕度反社會症候群的顯性患者，我已經不是第一次以精靈魔法為主題寫作，加上看來並不正經的作者簡介，似乎與其他大師之作呈現嚴重的對比落差……這一切，或許會讓許多朋友僅僅看見書名，就直覺認為這又是另一本逃避現實的夢囈。

然而這個故事，對我而言卻是極為現實而銳利的。

一切要從二〇〇七年說起。

那年開始，從來沒想過要成為一個老師的我，同時在千樹成林創意作文班與向上兒童福利基金會（後來更名為向上社會福利基金會）工作，一方面在創意作文班擔任作文老師，一方面在基金會裡任職文案企劃。

千樹成林是一個不管從師資、教學理念、教學方式與社會定位看來都特別亮眼的創作教學機構，在那裡，我接觸到的經常是無論在創作或生活都充滿能量的同事，以及家境小康的家長慕名送來啟發創作力的孩子們。

而我每天上班的向上社會福利基金會，共有兩個院區：其一是占地甚廣的光音育幼院，照顧失依失怙或家庭功能不甚完善的孩子；其二則是我每天固定上班的地點，一幢保護身心障礙者的五十餘年紅磚建築——台中育嬰院。

而不管是千樹成林或者向上，所有我認識的孩子們，都叫我果果老師。

一直到現在我仍然覺得那是我曾擁有過最美的暱稱之一。

在我還是果果老師的那些年裡，我經常被來自不同環境的孩子教育，實際相處的狀況更不可能用「有錢人家的孩子就是比較聰明又比較難搞，育幼院的孩子就比較懂事卻也比較畏縮」這種一竿子打翻好幾船

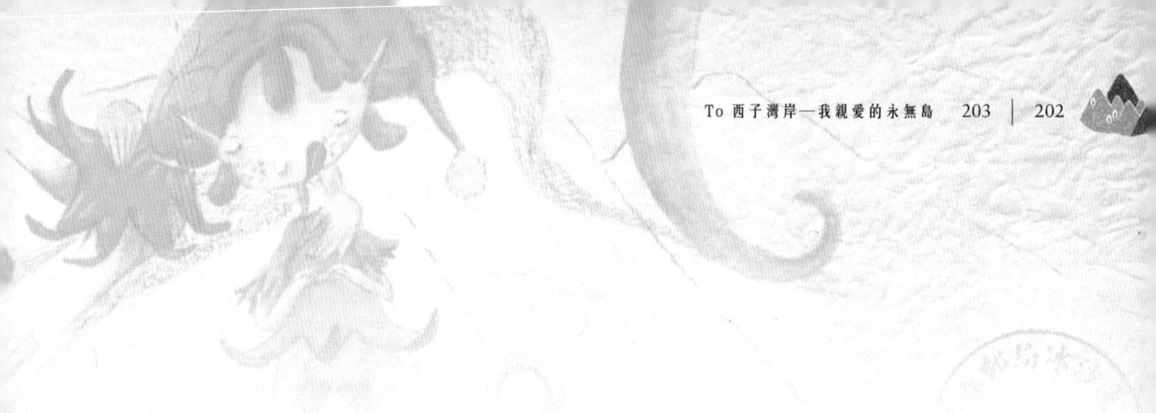

人的刻板印象界定。事實上，他們不斷顛覆我對「純真」與「幸福」的認知，甚至改寫那些口耳相傳已久、我也從未覺得哪裡不對勁的價值觀。他們告訴我，孩子並不只是一張白紙，更是一面鏡子。

孩子對於他人展現的態度，或多或少地映現了家長與老師，甚至世界本身。

於是當我們不斷義正詞嚴用各種漂亮句子訓誡他們：「不要霸凌別人、不要以多欺寡、不要搶奪別人的東西、不要作弊、不要說謊……」卻從未思考過，當孩子在一個從政府、財團、媒體，甚至老師與爸爸媽媽都一概扭曲的環境下成長，他們要如何長成一個，與我們都截然不同的，正直善良的人呢？

離開台中許久之後，我回到高雄，有幸與文藝圈中赫赫有名的前輩們一起進行這個書寫高雄的計劃。一開始我為題材著慌，更為自己遠不及前輩的能力焦慮，但當我走進這座落在柴山與西子灣之間，同樣以溫暖紅磚砌起的育幼中心，這個古老美麗的地方並不只是以百年古蹟這樣充滿文藝氣息的姿態吸引我，記憶自動重疊了我曾經認識的每個孩子，甚至也包括了這兩年才出現在我生命中的，我摯愛的姪女六月兔。

忽然之間，為他們說一個故事的渴望，遠遠勝過了讓自己有資格與創作前輩們並列的企圖心。育幼機構中為了保護孩子們的各種限制與規定，讓我想辦法避開無數暗礁，藉由訪問、參與活動和不時走訪，獲得些許零碎資訊，揉入一個看似不切實際的故事之中，成就如今這座漂浮在現實之海的永無島。

而我們都知道，永無島不會只是一個故事，就如同孩子們不會只是一張白紙。

那是一面鏡子。

當你讀完這個故事，離開永無島，回到現實世界，拂去身上的精靈塵之後，我盼望你也和我一樣，在鏡子裡看見一個，永遠想要變得更溫暖的自己。

特別感謝：

大力推動協助寫作計畫的文化局、紅十字會育幼中心邱英翔院長、社工林瑛凰小姐（以及她和這個故事一起出世的小朋友）、給這個故事極大助力的總務組長張碧桃小姐，以及育幼中心裡每一位曾給予我們微笑、協助與鼓勵的工作人員。

不僅撥空接受採訪，平時也長期關心育幼中心的，還有故事說得極動人的胖叔叔陳銘驤先生、早餐店劉秀華小姐、菜市場陳麗香女士、黛安娜補習班張來喜先生、郭秀寶郭媽媽與港警局保安隊及三號派出所全體同仁。

感謝在忙碌的半工半讀生活中仍找時間陪我聊天說故事的每一位離院院生、紅十字會育幼中心裡曾和我說話、玩耍追逐、一起聽故事、在我的筆記本上端正寫下自己名字，甚至只是遠遠對我投以好奇眼神的每一個孩子；以及千樹成林創意作文班與向上社會福利基金會，與所有我因為這兩個工作而認識的可愛人們，謝謝你們在我生命裡鋪上的厚厚絨毛毯，使我得以更勇敢也更柔軟地面對世界。

最後，謝謝彼得潘，是你讓這個故事有了一個溫柔的起點，希望你在遠方，一切都好。

畫家／鄭潔文

童書插畫家，擅長以粉彩、色鉛筆、淡彩、代針筆等媒彩，混合描繪故事氛圍及情節。出版作品：《靈鳥米利》（天衛小魯出版社）、《燭火小精靈》（小熊出版社）、《冒險女孩》系列四集（小熊出版社）、《黑毛豬的愛心麵店》（小兵出版社），也曾以《童心城鎮》插畫作品系列，入選高雄市文化局人才駐市回流計畫。

部落格：http://tw.myblog.yahoo.com/daiski42000/

導演／辛佩宜

國立臺南藝術大學音像紀錄所碩士，現為紀錄片影像工作者。現定居台南，為自由影像工作者。作品得獎紀錄：《貴族．平民》（2007教育影展學生組紀錄片）、《菱角變奏曲》（2007）、《通過我們的身體》（2010）、二〇一〇台灣女性影展、第三十三屆金穗獎學生作品類、2011 VISIONS DU REEL 瑞士真實影展 Doc Outlook-International Marke、第三屆杭州亞洲青年電影節。

攝影／盧昱瑞

高雄人，是紀錄片工作者，但也喜歡四處拍照。近年來耽溺於用影像來紀錄高雄海邊形色生活人文面貌。

南方人文。駐地書寫

To: 西子灣岸 我親愛的永無島

國家圖書館出版品預行編目(CIP)資料

To:西子灣岸 我親愛的永無島 / 劉芷妤 著 -- 初版.
-- 高雄市:高市文化局, 2013.10
面; 公分 --(南方人文.駐地書寫)
ISBN 978-986-03-8703-2(平裝)

855　　102022298

文　　字 | 劉芷妤
攝　　影 | 盧昱瑞
繪　　圖 | 鄭潔文
刊頭設計 | 陳虹伃
BV導演 | 施合峰
主 網 站 | 南方人文·駐地書寫 http://w9.khcc.gov.tw/writingsouth/

出 版 者 | 高雄市政府文化局
發 行 人 | 史哲
企劃督導 | 劉秀梅、郭添貴、潘政儀、陳美英
行政企劃 | 林美秀、張文聰、陳嫫如
地　　址 | 802 高雄市苓雅區五福一路67號
電　　話 | 07-2225136　傳　　真 | 07-2288814
網　　址 | www.khcc.gov.tw

編輯承製 | 印刻文學生活雜誌出版有限公司
總 編 輯 | 初安民
編輯企劃 | 田運良、林瑩華
視覺設計 | 黃裴文
地　　址 | 235 新北市中和區中正路800號13樓之3
電　　話 | 02-22281626　傳　　真 | 02-22281598
網　　站 | www.sudu.cc

總 經 銷 | 成陽出版股份有限公司
電　　話 | 03-3589000　傳　　真 | 03-3556521
郵政劃撥 | 19000691 成陽出版股份有限公司

指導單位 文化部 MINISTRY OF CULTURE

共同出版 高雄市政府文化局 Bureau of Cultural Affairs Kaohsiung City Government　INK 印刻文學生活誌

初版一刷 2013年10月
定價 220元
ISBN 978-986-03-8703-2　GPN 1010202495